W0365677

CAPTIVE

Chapitre un.

Demain, c'est ma rentrée en première. Je prépare mes vêtements que je choisis soigneusement pendant une heure en mettant tout mon dressing en vrac et vérifie si toutes mes affaires dont j'ai besoin pour le lycée sont bien dans mon sac. Demain est un grand jour pour moi. Je mise sur mon nouveau physique, mes six kilos et mon appareil dentaire en moins, une nouvelle couleur de cheveux et un nouveau style vestimentaire. Je tiens à ce que cette année soit totalement différente de la précédente. J'avais vécu mon secondaire dans la transparence de mes camarades de classe. Première de la classe, personne ne m'adressait la parole, hormis quand l'un d'entre eux avait oublié de faire ses devoirs ou qu'il avait besoin de recopier sur quelqu'un à la dernière minute.

J'ai passé mon été chez mes grands-parents avec mon petit frère Adisson au bord de la mer. C'est là-bas que j'ai fait le vide et changé en quelque sorte mon physique. Footing tous les matins, repas sains, ce qui parfois dérangeait mon petit frère qui rêvait de manger des hamburgers et des glaces pendant toutes les vacances. J'ai aussi fêté mes seize ans, loin de mes parents partis en vacances en amoureux sur une île paradisiaque. Bien sûr, en-dehors de ma famille, personne d'autre ne me l’a souhaité. Je voulais que tout cela change. Après avoir enfilé un short et un tee-shirt, je prends mon téléphone avec mes écouteurs, je descends les escaliers en mettant en route ma playlist, fais un signe à ma mère occupée dans le salon et pars courir le long de la route. J'aime cette sensation de m'échapper le temps d'une heure avec pour seule compagnie ma musique, puis de sentir les rayons du soleil se poser sur moi, le parfum des fleurs qui agrémentent le parc dans lequel je retourne pour la première fois depuis un petit moment. A la fin de mon année de secondaire, j'avais cessé de traverser le parc pour rentrer chez moi. Des élèves y traînaient tous les soirs après les cours. Plusieurs fois, je faisais des détours pour ne pas les croiser. Les garçons, eux, faisaient des parties de foot tout en buvant leurs bières et les filles se prêtaient au jeu des élèves modèles en s'entraidant sur les devoirs du lendemain. Souvent, je suis passée à côté d'eux sans qu'ils ne me prêtent la moindre attention préférant m'éviter.

Je m'arrête un moment pour changer la musique. J'en profite pour contempler le parc et les personnes qui s'y trouvent tout en reprenant mon souffle. Il y a une famille assise sur un drap à profiter du beau temps et un couple de personnes âgées, un peu plus loin, installé sur un banc. Je sens aussi un regard posé sur moi, je cherche discrètement alentour d'où cela provient et aperçois un homme qui me paraît louche, appuyé contre un arbre. Il doit avoir une cinquantaine d'années à la chevelure poivre et sel qu'il affiche. Le visage très fatigué, une cigarette à la main, il me regarde de haut en bas avec un sourire pervers. Je repose mon regard sur mon téléphone pour trouver la musique que j'ai envie d'écouter et repars dans ma course. L'homme se rapproche doucement de mon trajet, il ne me lâche toujours pas des yeux. Déstabilisée, je prends un autre chemin de terre pour m'éloigner au maximum de lui.

Après une heure de footing, j'arrive devant chez moi, je m'appuie sur mes genoux pour reprendre mon souffle et tire sur le fil de mes écouteurs pour les enlever de mes oreilles.

— Je suis là, dis-je pour prévenir de mon retour.
Personne ne répond. Je me dirige vers la cuisine en posant mon portable sur le buffet et prends une bouteille d'eau dans le réfrigérateur.
— Tiens, la sportive est arrivée, s’exclame ma mère en rentrant.
Je lui souris. Ma maman est une très belle femme. Psychologue, elle tient un cabinet dans le centre d’une grande ville à côté de chez nous. Ma maman est toujours présente pour mon frère et moi. Quand un jour je lui ai avoué qu'au lycée j'étais seule, elle n'avait pas pris cela comme un problème futile. Elle m'avait donné tout le réconfort et le courage possible pour que je ne me laisse abattre. Un soir, j'avais

émis l'hypothèse de me sortir du lycée pour suivre des cours à domicile, mes parents ont été catégoriques. Je devais finir mes études et ne pas laisser les élèves de ma classe entacher ma jeoie de vivre…

— La prochaine fois, j'irais bien courir avec toi, me dit ma mère.

— Si tu veux, on peut y aller maintenant.

— Mais tu reviens d'une course déjà, chérie ! Repose-toi un peu.

— Je me sens capable de retourner courir un peu.

— Demain, après tes cours si tu veux.

Je hoche la tête.

— Ça va aller demain, ne t'en fais pas et puis, si ça se trouve, tu vas te faire des amis, continue ma maman.

— J'essaie de ne pas trop y penser.

Elle me lance un sourire.
— Bon allez, va prendre une douche, on va bientôt dîner.
Je grimpe les escaliers pour me retrouver dans la salle de bain. En me déshabillant, je cherche du regard où ma mère a mis la balance pour que je puisse me peser. Ma routine depuis le début de l'été : je monte dessus avec appréhension en fermant les yeux comme à chaque fois. En ouvrant un œil, je suis soulagée de voir que je n'ai pas pris un gramme depuis la veille. Sous la douche, l'eau coule sur ma peau, je chante sur ma musique du moment.
— Ava, arrête de me casser les oreilles et viens manger.
Je reconnais aussitôt la voix de mon petit frère.

— J'arrive ! je crie exaspérée.

Je profite encore un peu de la douche en attendant la fin du morceau, mets une serviette autour de mon corps et rejoins ma famille dans la cuisine.

— Ça sent trop bon, dis-je en m'asseyant à table.

— Sinon, les vêtements, tu connais ? me demande mon frère.

Je tire la langue à Adisson en guise de réponse.

— Donnez vos assiettes les enfants, réclame ma mère.

Je lui tends mon assiette tout en me concentrant sur la télévision qui se trouve en face de moi, installée sur un meuble où un présentateur énonce d'une voix monocorde :

« ... Nous vous parlions depuis quelques temps de la disparition de jeunes femmes depuis un an, la dernière victime en date, Jessica Mabire, introuvable depuis un mois est toujours recherchée par sa famille et les autorités. Ils sont aussi à la recherche de pistes pouvant les amener aux autres victimes. Tout ce que l'on sait, c'est que les victimes ont toutes été enlevées sur le chemin de leur travail et qu'une camionnette a été aperçue par des témoins à chaque enlèvement ... »

— Tu as vu Ava, elles sont toutes brunes et maigres comme toi, tu aurais dû rester comme avant. Tu risques de te faire

enlever toi aussi, me dit-il en louchant sur les photos des victimes défilant à l'écran.
— Adisson ! éclate de colère ma mère.
— Excuse-toi tout de suite, on ne rigole pas sur ce genre de sujet, s'insurge mon père.
— Pardon.
Adisson baisse la tête, peu fier de sa mauvaise blague qui me fait plus rire qu'autre chose.
Adisson est un petit garçon de douze ans qui me ressemble beaucoup physiquement mais absolument pas d'un point de vue personnalité. Contrairement à moi, Adisson est extraverti, préférant plaisanter avec ses camarades plutôt que d'écouter son institutrice. Et surtout préférant faire des blagues à sa sœur plutôt que des câlins

dont je prends un malin plaisir à lui faire par surprise de temps en temps. Bien que j'aie envie de l'expédier sur une île déserte des milliards de fois, ma vie sans lui serait bien plus morose.

— En attendant Ava, je t'emmène demain au lycée pour être sûr qu'il ne t'arrive rien.

— Papa, non.

— Ava ne discute pas.

Je soupire. Je me vois déjà arriver au lycée avec les yeux de tous mes camarades fixés sur moi. La *nouvelle* moi les surprendra. Autant dire que si mon père me dépose devant les grilles demain pour ma rentrée, tout ce que j'avais imaginé pendant l'été sera foutu.

Chapitre deux.

Nous avons débattu tout le long du repas sur les enlèvements. Cette conversation a même envahi mes rêves. Je me suis levée une heure avant que mon réveil sonne. Un mélange d'impatience et d'appréhension s'est imprimé en moi. Même si je suis bonne élève, les cours sont pour moi d'un ennui mortel mais j'ai toujours eu cette capacité à retenir ce que le professeur pouvait nous raconter pendant une heure.
Assise en face de ma coiffeuse, je me lance à la recherche du fard à paupières qui saura faire ressortir au mieux la

couleur de mes yeux. Après quelques minutes à pianoter mes doigts au-dessus des couleurs de ma palette, je porte enfin mon choix sur un marron nacré. Je veux sortir du lot pour cette rentrée.

Après m'être regardée pendant de longues minutes dans mon grand miroir pour être sûre du choix de ma tenue, je dévale les escaliers pour retrouver ma famille dans la cuisine.

— Bien dormi, ma chérie ?

Je me poste devant ma mère pour qu'elle m'embrasse le front comme tous les matins.

— Pas trop, entre le stress de la rentrée et la conversation d'hier soir, j'ai fait pas mal de cauchemars.

— J'imagine, mais tout va bien se passer, me répond-elle en buvant sa dernière gorgée de café avant de poser sa tasse dans l'évier. Bon, les enfants, je vous laisse, je dois aller travailler, passez une bonne journée !

— Toi aussi man', répondons-nous en choeur avec Adisson.

Je m'installe à côté de mon petit frère pour boire mon thé préparé par les soins de ma maman.

Après avoir débarrassé ma vaisselle, je retourne dans ma chambre pour récupérer mon sac de cours et regarder pour la énième fois si mon maquillage et ma tenue du jour me conviennent toujours.

— Ava, on t'attend, il est l'heure d'y aller.

Je souffle un grand coup. Ce n'était pas ma première rentrée c'est vrai, mais pour moi c'est la plus importante. C'est pour moi un nouveau départ.

— Allez Ava, tout va bien se passer.
Je monte dans la grande voiture de mon père, ainsi que mon frère qui s'installe à l'arrière.
— Tu ne veux pas conduire aujourd'hui, Ava ? me demande mon père en s'installant derrière le volant.
— Je suis trop stressée pour ça.
Il rigole à mes paroles tout en allumant le contact, puis vérifie dans le rétroviseur si Adisson est bien attaché.
Nous déposons en premier mon petit frère au collège.

— Bonne journée Adisson.

Mon frère claque la porte de la voiture sans même lui répondre. Il rejoint en courant ses amis qui l'attendent devant le portail de l'établissement où il fait ses études.

— Toujours aussi poli.

— Lui au moins, c'est sûr, il n'est pas stressé.

— Je ne vois pas pourquoi tu dis ça.

— Moi, je vois très bien, je te connais quand même. Quand tu es stressée, tu n'arrêtes pas de frotter tes mains sur tes cuisses ou de te ronger les ongles.

En regardant mes cuisses, je me surprends à répéter les gestes que mon père vient de me dire. Mes pensées sont tellement accaparées par le déroulement de cette

journée que je ne me suis rendu compte de rien.
— Et voilà, c'est l'heure du grand moment de ta vie !
Je sens l'ironie dans la voix de mon père. Je comprends qu'il prenne ça à la légère, mais pour moi, cela représente bien plus qu'une simple rentrée.
— A ce soir, dis-je en récupérant mon sac de cours à mes pieds.
— Tu me raconteras ce soir.
J'acquiesce et sors à mon tour de la voiture. Je regarde mon père s'éloigner et m'avance timidement vers mon lycée, je sens des regards se tourner vers moi. « C'est une nouvelle ? », « On ne dirait pas Ava ? », « Mais si, qu'est-ce qu'elle a changé ! » …

J'entends les murmures pas très discrets de mes camarades. Arrivée à l'intérieur, je vois au loin une fille avec qui je m'entendais à peu près bien dans mon ancienne classe. En s'approchant de moi, je vois ses yeux ébahis.

— Wouah, Ava, tu es magnifique !

— Merci, je réponds en sentant poindre la rougeur sur mes joues.

— Tu as vu, nous sommes dans la même classe encore, m'annonce-t-elle toute souriante.

J'acquiesce en sortant mon plus beau sourire. La cloche sonne, je suis ma camarade pour atterrir dans mon premier cours de la journée. Je m'assois au fond de la classe pour la première fois de ma vie. Je sors un cahier et ma trousse tout en

regardant les autres personnes de ma classe rentrer à leur tour. Tous me lancent des regards, cela me gêne mais me plaît en même temps. Les sourires des beaux garçons, les regards d'admiration des filles, cela me flatte. Tout ce pourquoi je me suis battue cet été se réalise enfin.
Toute la journée se sera déroulée comme je l'avais imaginée, même au-delà de mes espérances. Beaucoup de personnes sont venues me parler, m'ont demandé comment s'était passé mon été. Surtout ceux qui avant, ne me connaissaient que pour mes devoirs.

A la fin de mon dernier cours de la journée, je salue les camarades qui tiennent à me dire au revoir apparemment.

Passée le portail du lycée, je retrouve la voiture de mon père. Il raccroche son téléphone au moment où je m'installe à ses côtés.

— Alors, ta journée ma chérie ?

— Génial, dis-je avec mon plus beau sourire.

— Ton frère est rentré seul, il a fini plus tôt que prévu.

— Alors lui a le droit de rentrer à la maison tout seul et pas moi ?

— Eh bien, justement ! Demain, tu devras y aller seule.

Je tape dans mes mains, heureuse de pouvoir venir seule demain. Parce qu'à seize ans, être accompagnée de ses parents pour aller au lycée, on peut dire que c'est la loose.

— Mais promets-moi que tu feras bien attention.
— Bien sûr, comme d'habitude, dis-je prenant ses inquiétudes à la légère.
— Tu sais pourquoi je dis cela.
— Il ne m'arrivera rien papa.

Je profite que ma mère finisse son travail plus tard ce soir pour aller courir un peu. La fin de la journée est le meilleur moment pour moi pour m'évader. Le soleil est encore là avec sa chaleur et ce petit vent qui balaie ma peau. Je rentre en sueur chez moi. J'enlève mes écouteurs en arrivant dans la cuisine pour voir ce que mon père a préparé comme dîner. Je soulève le couvercle du plat qui est en train de cuire sur la cuisinière et découvre quelques

morceaux de poulets accompagnés de petits légumes, je renifle l'odeur avant que mon père ne m'enlève le couvercle des mains en m'assénant :
— Va donc te doucher, qu'on puisse manger.
— Papa, je meurs de faim, elle va mettre des heures à se laver encore ! râle Adisson.
Je lui envoie le torchon à côté de moi dans le visage pour me venger de ce qu'il vient de dire.
— Dépêche-toi, maman arrive dans dix minutes. Tu as intérêt d'être redescendue avant ! m'ordonne mon père.
Je prends son défi au sérieux et monte les marches deux à deux pour rejoindre la salle de bain le plus vite possible. Je saute sous la douche et m'active pour me laver

le corps et les cheveux. Je ressors de la salle de bain en pyjama et redescends pour m'installer à table.
— Bravo ! Tu n'es pas restée une heure sous la douche, y'a du progrès.
Mon frère passe son temps à me taquiner. C'est notre relation. On ne peut pas rester une heure sans se chercher.

Nous passons le repas à raconter notre journée, c'est le moment familial. Je peux raconter ma rentrée, celle que j'ai tant attendue, ma mère est la plus heureuse pour moi autour de cette table. Faut dire que pour mon père et mon frère n'ont rien d'extraordinaire à raconter. Ce soir, mon paternel a décidé de ne pas mettre la télé prétextant qu'il préfère rester au calme avec mon frère. Nous échangeons un regard complice. On sait juste qu'il ne veut pas entendre parler de cette histoire de kidnapping une nouvelle fois. Au moment d'aller se coucher, je prépare ma tenue du lendemain et les cours dont j'ai besoin. Ma mère passe sa tête au même moment pour me souhaiter une bonne nuit.

— Bisous ma chérie, dit-elle.

— Bisous maman.

— Tu n'oublieras pas d'envoyer un message à ton père demain matin quand tu arriveras au lycée ?

— Oui, j'y penserai, je la rassure sans chercher à comprendre.

Je m'installe dans mon lit et saisis mon téléphone pour consulter les réseaux sociaux. Je remarque plusieurs demandes d'amis et quelques messages de personnes du lycée, je réponds à certains d'entre eux. Tous étaient épatés par le changement que j'ai opéré pendant l'été. Je m'endors heureuse de ma journée, impatiente de vivre celle du lendemain.

Chapitre trois.

Levée une nouvelle fois plus tôt que prévu, je prends le temps de quelques minutes sur l'écran de mon téléphone pour parcourir tous mes réseaux sociaux. Ne voyant rien d'intéressant, je décide de mettre mon téléphone à charger et de sortir de mon lit. En rentrant dans la cuisine, je m'aperçois que mes parents sont sûrement déjà partis au travail vu l'état de la table. En attendant que l'eau de la bouilloire soit à la bonne température pour mon thé, j'en profite pour remettre un peu d'ordre dans la cuisine. Le citron diffuse ses effluves dans la pièce, je prends ma tasse de thé et m'installe au piano dressé au milieu du salon. Je balaie les doigts d'une main libre sur quelques touches tandis que de l'autre, je bois une gorgée brûlante de ma tasse que je pose sur le rebord, à côté de mon livret de partitions. Je joue les premières notes de mon morceau préféré. Le piano fait partie de ma vie depuis mes six ans, je suis tout de suite tombée amoureuse des mélodies que pouvaient faire échapper cet énorme instrument. Je recevais des cours particuliers à la maison par une étudiante qui cherchait de quoi se faire de l'argent de poche.

— Tu m'as réveillé !

Adisson me fait sursauter en hurlant du haut des escaliers. Je stoppe aussitôt mon jeu après avoir entendu la porte de sa chambre claquer, soupire un grand coup, déçue de ne pas avoir pu finir ma musique. Je termine le reste de mon thé, pose la tasse dans l'évier et remonte dans ma chambre pour me préparer.

Enthousiaste de me rendre enfin seule au lycée, je dépose mon sac de cours dans le panier de mon vélo et sors mes écouteurs et mon téléphone. Je crois que cette histoire de kidnapping par chez nous a vraiment touché mon père, sans compter que mon frère a souligné plusieurs fois que je ressemblais aux victimes de ce prédateur. Cela n'a rien arrangé à ses craintes. Ma mère, quant à elle, n'en parle pas plus que ça. Est-ce que c'est son côté

psychologue qui y joue ? Je ne saurais le dire…
En attendant, ce matin, j'ai pris tout mon temps pour me faire la plus jolie possible. Après plusieurs essais de coiffure, j'ai opté pour une tresse collée qui retombe sur une de mes épaules et, pour ma tenue, seulement un tee-shirt assez loose, rentré dans une petite jupe et mes baskets blanches. En regardant mon vélo, je doute du confort de mes habits choisis mais tant pis. Après la journée d'hier où je me suis fait remarquée comme je le voulais, je ne peux pas me permettre de faire redescendre l'attention portée sur moi. Et tout se joue une nouvelle fois sur mon physique.

Le trajet paraît toujours moins long avec de la bonne musique. Je chantonne sur la route de campagne même si je connais ce trajet par cœur. J'aime admirer le paysage qui se crée devant moi au fur et à mesure. La musique n'est pas assez forte pour empêcher les bruits de voiture d'atteindre mes oreilles. Cette route, peu empruntée, rassure toujours mes parents quand ils me savent à vélo. Soudain, un camion blanc me double, je n'y prête pas attention jusqu'au moment où je me rends compte qu'il met beaucoup de temps pour se mettre devant moi. En tournant la tête vers le chauffeur pour lui faire signe, je reconnais l'homme qui m'avait observée quelques jours auparavant. Je perds le contrôle de mon vélo et bascule dans le fossé.

— Mais ça ne va pas ! crié-je en essayant de pousser le vélo qui se trouve sur mes jambes.

La camionnette recule juste devant moi, un jeune homme sort de la porte coulissante en vitesse, et prend mon vélo pour le balancer à l'intérieur. Je n'ai même pas le temps de réagir que je me trouve également portée pour me retrouver dans le même endroit sombre. La porte se referme sur moi.

— Mais laissez-moi !

Je me lève d'un coup et essaie d'ouvrir la portière mais l'homme m'en empêche.

— Fonce ! crie celui qui me détient au chauffeur.

Le camion accélère d'un coup ce qui nous fait basculer. J'en profite pour essayer de me débattre mais il a beaucoup plus de force que moi et sort quelque chose de la poche de sa veste avant de me piquer avec un objet dans le cou. Aucun mot ne peut sortir de ma bouche, je me sens paralysée, je regarde quelques secondes l'homme qui se trouve au-dessus de moi. Son visage est caché par un bandana, je peux seulement entrevoir ses yeux quand ma vue devient de plus en plus trouble …

Je me réveille avec un mal de tête atroce, je frotte doucement l'arrière de ma tête en ouvrant petit à petit les yeux, et découvre l'endroit dans lequel je me trouve. C'est une cave. En voulant me relever, je comprends qu'une de mes mains est menottée à une vieille gouttière. Je bouge mon bras en pensant naïvement que j'arriverai à me libérer facilement. Une odeur de moisie envahit mes narines, des gouttes d'eau tombent à quelques centimètres de mon corps. Je suis à moitié allongée sur un matelas puant et sale. J'entends une porte s'ouvrir et des pas se rapprocher quand j'aperçois son visage. Je reconnais tout de suite mon ravisseur dans la camionnette. Je me refais la scène plusieurs fois dans ma tête. Je commence à paniquer en revoyant toutes ces images se rejouer. Je n'arrive plus à respirer correctement, la panique m'envahit, je cherche du regard le jeune homme qui m'a enlevée quelques temps plus tôt pour qu'il

puisse me venir en aide. Il se contente de me donner un verre d'eau sans sortir un mot. Un petit merci siffle entre mes lèvres après avoir englouti le verre, je réussis enfin à me calmer. Quant à lui, il reste figé sur place à me regarder, ce qui me met assez mal à l'aise.
— Je vais rester menottée comme ça pendant longtemps ?
Il ne répond pas et remonte les escaliers qui doivent sûrement rejoindre la maison.
« Il n'y a rien de compliqué dans ma question !! » crié-je à son endroit sans obtenir la moindre réponse.

Recroquevillée sur moi-même, je ne suis plus effrayée mais en colère. Et si c'était une blague venant des personnes de mon lycée ? Enfin, je ne comprends pas pourquoi ils me feraient ça mais je sais que certains d'entre eux aiment faire des mauvaises plaisanteries un peu trop poussées …

Je continue de regarder autour de moi. Il y a quelques cartons sans inscription, des bouteilles en plastique vides étalées partout sur le sol. Une petite fenêtre offre un peu de lumière, je regarde les gouttes d'eau tomber. Cela me fait passer le temps. J'ignore depuis quand je suis là mais cela commence à être long, encore plus si c'est pour une simple blague.

Posée contre la gouttière, mes coudes sur mes genoux, j'entends enfin un bruit, quelqu'un dévale les marches.

— Je t'apporte de quoi manger, dit un homme.
— Non merci, je n'ai pas faim.
— Je te laisse ça là quand même.
— Attends, j'ai besoin de faire pipi.
Il s'éloigne cherchant quelque chose entre les cartons, puis revient vers moi en me lançant un seau en ferraille que j'évite de justesse.
— Tu n'as qu'à faire là-dedans.
— Il en est hors de question !
— C'est que tu n'as pas tant envie que ça alors.
— Je vais rester ici encore combien de temps ?
— Ne pose pas trop de questions.
— Sinon quoi ? demandé-je.

L’homme repart sans même me regarder, je suis loin de me douter de ce qui m’attend par la suite.

Chapitre quatre.

J'étais tellement épuisée que j'ai réussi à m'endormir sur ce matelas miteux. Je me relève doucement. L'air frais qui caresse mes bras nus me réveille brutalement et à en croire l'obscurité de la pièce, il doit encore faire nuit dehors. Je me colle à la gouttière pour pouvoir rapprocher ma main menottée de ma tête. Je prends l'élastique sur un de mes poignets et attache mes longs cheveux qui sont devenus gras. Je frotte mes bras à l'aide de mes mains pour me réchauffer un peu. Si c'est une blague, elle devient vraiment barbante.

— Y'a quelqu'un ?

Je continue d'hurler autant que je peux jusqu'à ce que la porte s'ouvre enfin. La lumière s'allume et l'homme le plus jeune descend vers moi.

— Qu'est-ce que tu veux ?

— J'ai super froid.

Il remonte pendant quelques secondes avant de réapparaître avec une couverte dans les bras.

— Autre chose ? me demande-t-il.

— Quand est-ce que cette blague va finir ?

— De quelle blague parles-tu ?

Je montre ma main attachée en guise de réponse.

— Tu crois réellement que tout ça, c'est une blague ?

— Qu'est-ce que ça serait d'autre ? demandé-je innocente.

— Laisse tomber, si tu préfères croire que c'est une blague, alors crois-le.

Il commence à s'en aller.

— Tu ne me libères toujours pas ?

Ma question fait stopper ses pas. Dos à moi, il lâche un petit rire avant de reprendre son chemin et éteint la lumière derrière lui.

Il a vraiment un problème à répondre à mes questions lui…

J'attrape la couverture et essaie tant bien que mal de m'enrouler dedans avec ma main libre.

Je ne sais toujours pas ce que je fais ici, et cet endroit me donne la chair de poule. Il fait froid, humide et l'atmosphère est beaucoup trop silencieuse à mon goût.

La porte s'ouvre une nouvelle fois en peu de temps, la même personne s'approche de moi.

— Tiens, je t'apporte de quoi manger, me dit-il froidement en me tendant une assiette de pâtes.

— Et comment suis-je censée manger ?

— Je ne sais pas, tu te débrouilles.

Je lâche la couverture et accepte son plat avec ma main disponible. Je commence à déguster difficilement ces horribles pâtes fades.

— C'est dégueulasse, dis-je en posant l'assiette à côté de moi.

— Désolé, mon père n'est pas très doué pour la cuisine.

— Tu t'appelles comment ? demandé-je par curiosité.
— Zackary, mais je préfère Zack.
— Dis-moi Zack, qui a mis cette blague en place ?
— Pourquoi es-tu persuadée que tout cela serait une plaisanterie ?
— Je ne vois pas d'autres raisons …
— Ava, tu te trompes complètement.
Comment connait-il mon prénom ? Cela me perturbe mais pas autant que de savoir pourquoi je me trouve ici.
— Comment ça ?
— Tu regardes les informations ?
J'acquiesce.
— Tu ne vois pas où je veux en venir ? me demande-t-il en me fixant droit dans les yeux pour la première fois.

— Pas vraiment, non…

Je ne quitte pas ses yeux, ses magnifiques yeux.

— Toutes ces jeunes femmes qui se font enlever…

Mes yeux s'écarquillent, mon cœur s'excite. Je prends conscience de ce qu'il veut me faire comprendre. Je repense à la conversation autour du repas avec ma famille, du présentateur qui parlait des enlèvements qu'il y avait eu… Je viens de comprendre, je suis la nouvelle victime de ce grand prédateur dont on parle tant aux informations. J'éclate en sanglots, pourquoi moi ? Zack reprend l'assiette à côté de moi et s'en va, me laissant seule avec ma peine et les milliers de questions qui se bousculent dans ma tête.

Chapitre cinq.

Je suis réveillée par le bruit de la porte et des pas qui dévalent les marches. C'est lui, l'homme qui a fait tant de victimes. Tout le monde ignore à l'heure actuelle quel est ce prédateur qui a enlevé ces filles autour de chez moi. Et maintenant, je me retrouve face à cette ordure, ce même type qui m'avait observée dans ce parc. Pourquoi n'avais-je rien dit ? Cela aurait pu empêcher que j'arrive ici.

— Alors bien dormi ? s'enquiert-il sur un ton ironique.

— Je sais qui vous êtes !

— Ah oui ! Et qui suis-je alors ? me toise-t-il d'un sourire narquois.

— L'homme qui a enlevé toutes ces filles qu'on recherche depuis des mois.

Je ne le lâche pas, mes yeux sont plantés dans les siens, je-veux me montrer forte, lui faire comprendre que je n'ai pas peur de lui, même si je n'ai jamais réussi à être crédible dans le rôle de la dure à cuire. J'ai toujours été la fille discrète, éloignée des problèmes. Mon frère dit de moi que je suis une fragile, mais face à ce monstre qui prend plaisir à me voir attachée comme un animal, je dois me montrer courageuse.

— Il t'en aura fallu du temps !

— Où sont-elles ?

— Tu les rejoindras bientôt, ne t'en fais pas.

Son regard et son sourire machiavélique me glacent le sang. J'ai peur d'avoir compris où il veut en venir.

— Laissez-moi sortir d'ici, dis-je en essayant de me débattre.

— Tu as vraiment cru que tu avais ton mot à dire, tu es ma prisonnière, tu resteras ici jusqu'à temps que j'en aurais décidé.

Dans un élan de haine et de dégoût de voir son visage aussi proche du mien, je lui crache au visage ; un bout de ma salive coule de son œil au bas de son visage, ses yeux se ferment. Il essuie d'un geste abrupt. Son regard a totalement changé et est devenu d'un noir si profond que je regrette mon geste insolent dans la seconde. Il me gifle une première fois. Je pose ma main sur ma joue chaude, s'ensuit un coup de poing sur l'autre joue. Cette fois, je n'ai pas le temps d'apaiser la douleur avec ma main fraîche que cette ordure m'assène de coups ; sur mon visage, mes côtes, mon ventre, mes jambes. Toutes les parties de mon corps ont au moins été visées une fois par ses poings ou ses pieds. Du sang coule sur mon visage.

— Arrête, papa !

C'est la seule phrase que j'entends de Zack avant que son père ne cesse son acharnement sur moi. J'ai tellement mal que je n'arrive plus à me concentrer sur ce qui se passe autour de moi. Je n'ose même plus ouvrir les yeux par peur de revoir le visage de l'abomination devant moi aux traits déformés par la haine.

— Ava, est-ce que tu peux te lever ?
Je suis incapable de bouger ne serait-ce qu'un doigt. Je sens le parfum de Zack près de moi, il prend ma main attachée et m'aide à me relever. Je mets du temps à comprendre qu'il vient de me libérer et m'aide à monter les escaliers. Assise sur une chaise dans la salle de bain, je reprends enfin mes esprits.
— Ne bouge pas, je vais trouver de quoi te soigner.
Je ne réponds pas et essaie de garder les yeux ouverts pour avoir Zack dans mon champ de vision. Je le vois faire le tour de la salle de bain, fouiller dans tous les placards et tiroirs qui sont à disposition. Il se rapproche à nouveau de moi avec du coton et une bouteille de désinfectant.

— Tu as eu du courage de t'en prendre à mon père comme tu l'as fait.
— Alors, c'est ton père …
Il secoue la tête d'un signe positif.
— Dis-moi, cela fait combien de temps que je suis enfermée ?
— Deux semaines, je dirais.
— Tu ne deviendrais pas fou toi à rester enfermé par un tortionnaire, dans un endroit aussi merdique pendant autant de temps ?
Une fois de plus, il ne trouve rien à me répondre et se contente d'imbiber un morceau de coton de produit et de le faire glisser sur mon visage pour enlever ce sang que je sens encore couler. Il se met à genoux pour être à ma hauteur. Je n'ai jamais été aussi proche de lui et il faut dire

que son visage n’est pas désagréable à regarder.

— Je suis désolé.

— De quoi ?

— De ce qu’il vient de te faire. Je ne l’avais jamais vu aussi violent envers quelqu’un d’autre auparavant.

— Quelqu’un d’autre ? Il te frappe aussi ?

— Laisse tomber… Tu peux enlever ton tee-shirt, s’il te plaît ?

En pensant qu’il pouvait lui aussi subir les coups de son père, je ne réagis pas à ce qu’il me demande.

— Ava, ton tee-shirt est plein de sang. Je vais nettoyer tes blessures.

— Oui, bien sûr, je m’exécute en enlevant mon haut.

Je ne veux même pas regarder dans quel état est mon corps, mais à en voir le visage de Zack, cela ne doit pas être beau à voir. Il se penche un peu pour pouvoir mieux voir mes blessures, il faut dire que la luminosité de la pièce reste à désirer tout comme le nettoyage. Une tonne de poussière croule sur le meuble à côté de moi.

— Les autres n'ont pas eu le droit à ça ?

— A quoi ?

— A être tabassées par l'autre et ensuite, d'être soignées par toi ?

— Comme je te l'ai dit, je ne l'ai jamais vu tabasser qui que ce soit avant.

— A part toi, apparemment.

Je cherche son regard, vu qu'il ne veut rien me dire. Je veux trouver mes réponses dans ses yeux, il est tellement mystérieux et paraît si froid. A vrai dire, avec un père pareil, il est compliqué d'être autrement.

— Aide-moi à sortir d'ici, je t'en supplie.

— Je ne peux pas.

— Pourquoi ça ?

Et une fois de plus, il esquive ma question.

— Et ces filles, que sont-elles devenues ?

Je me doute de la réponse, mais je ressens le besoin de l'entendre de la bouche de quelqu'un.

— Il vaut mieux que tu ne le saches pas.

— Elles sont mortes, c'est ça ? Et je suis la prochaine ?

— Voilà, c'est fini.

Je n'arrête pas de questionner son regard, mais rien. Il fait comme s'il ne m'entendait pas. Je me lève de la chaise, j'ai toujours le haut de mon corps seulement habillé d'un soutien-gorge. Je passe devant un grand miroir et me regarde. Je me mets à pleurer, je suis affreuse, amochée de partout. On peut apercevoir mes côtes, j'ai la peau sur les os. Nous quittons la salle de bain, je suis Zack jusqu'au salon. Je découvre alors la maison dans laquelle je vis maintenant. La cuisine est ouverte, l'endroit est assez petit, très sale comme l'indique la tonne de moutons qui se trouve sur le sol. Deux cendriers sont remplis de mégots sur la table basse. La pièce baigne dans des effluves de tabac froid ce qui crée une odeur insoutenable. C'est aussi très sombre. Seule la porte d'entrée vitrée offre de la lumière à la pièce. Maintenant que je l'ai dans mon champ de vision, je n'arrive plus à la lâcher du regard. C'est ma porte de sortie.

— Je ne te conseille pas d'essayer de t'enfuir.

— C'est une menace ? je demande sans me tourner vers Zack.

— Non, seulement un conseil. Dans ton état, tu n'iras pas loin, je te rattraperai avant même que tu atterrisses sur la route la plus proche.

Il a sans doute raison, mais je n'en peux plus d'être enfermée, avec cette peur au ventre qu'un jour ce monstre puisse me tuer et me faire disparaître, sans doute, comme les autres filles qui ont été à cette place juste avant moi. Mais mes côtes me font bien trop mal et de plus, le fait que je mange à peine depuis quelques jours, m'empêcherait de courir bien loin. Tenter de lui échapper était statistiquement impossible.

— Allez, viens !

Il ouvre la porte de la cave ou devrais-je dire de ma prison. Je le regarde en l'implorant mais rien ne marche sur lui. Il me paraît pourtant moins barbare et insensible que son père.

Je suis de nouveau attachée à cette gouttière rouillée et puante.

— Je reviens plus tard pour t'apporter à manger.

Je ne réponds pas et laisse mon regard se perdre sur le mur en face de moi.

— Essaie de te reposer.

Je lève mes prunelles vers lui, ahurie par ce qu'il vient de me dire.
— Parce que tu penses que je suis libre de faire autre chose peut-être ? je l'interroge sur un ton sarcastique.
Impassible, il détourne les yeux et reprend le chemin de la sortie. Le voyant refermer la porte derrière lui, à nouveau plongée dans l'obscurité, une boule s'empare de ma gorge et des larmes noient mes yeux, je n'arrive plus à me contenir. J'explose, pendant des heures, la tête enfouie dans la couette attendant que le temps passe… Mais les secondes me paraissent des heures, détenue dans cet endroit.

Chapitre six.

Zack.

Allongé sur mon lit, les bras croisés sous ma tête, je fixe le plafond, mon esprit ne cesse de repasser les images de ces semaines écoulées. Je cauchemarde de cet enlèvement. Ce n'est pourtant pas le premier, mais à chaque fois, j'en vomis pendant des heures comme si mon corps me rappelait à l'ordre suite à la connerie que je venais de faire sous le commandement de mon père. Je cauchemarde de l'enlèvement d'Ava, je n'arrive pas à comprendre pourquoi. Je suis conscient que ce à quoi je participe est horrible mais les dernières victimes ne m'avaient pas provoqué autant de dégoût et de honte. Ava est différente. Et je crois que je le suis devenu aussi. Comme si ce nouvel enlèvement avait provoqué chez moi l'envie d'une nouvelle vie. Une vie meilleure, normale. Je ne peux plus accepter ce que mon père me demande, en même temps, je ne peux pas non plus le laisser tomber. Il souffre tellement de l'absence de ma mère et moi aussi, mais contrairement à lui, je n'en veux pas à la terre entière. Il avait donné sa vie pour elle, mais ce n'était pas suffisant apparemment puisqu'elle avait décidé de quitter les deux personnes qui l'aimaient le plus au monde pour refaire sa vie avec un autre homme. Après quelques recherches sur internet, j'ai pu en savoir plus sur cet individu qui a fait voler ma famille en éclat. C'est un homme avec de la classe, divorcé, père d'une petite fille. Lui et ma mère se côtoyaient secrètement depuis quelques temps. Je me doutais déjà de quelque chose, ma mère rentrait tard le soir, quelques minutes après le départ de mon père qui travaillait la nuit, comme si elle l'évitait. Ma mère avait raconté un jour à mon père qu'elle avait beaucoup de travail, qu'elle rentrerait souvent tard et qu'ils n'auraient pas beaucoup l'occasion de se croiser. Elle lui avait dit tout cela sans même le regarder dans les yeux une seule fois. Ma mère n'arrivait jamais à regarder les personnes dans les yeux quand elle mentait. Mais moi, je n'y croyais pas une seule seconde. J'avais bien vu son changement d'attitude, ses absences quand elle se trouvait avec nous, son style vestimentaire. Étrangement, elle avait recommencé à prendre soin d'elle, mais seulement pour aller au travail. Quand elle rentrait à la maison, elle se démaquillait et se coiffait seulement d'un chignon. Pour moi, je sentais qu'un autre homme faisait à présent partie de sa vie... Mon père lui ne voyait rien, pire encore, vu qu'il ne pouvait plus profiter de sa femme autant qu'avant, il la couvrait de cadeaux tandis qu'elle lui mentait en lui disant qu'elle l'aimait. Cette mascarade a duré un an. Mon père est tombé de haut quand un matin, rentrant d'une nouvelle nuit de travail avec un nouveau cadeau qu'il n'a jamais pu lui offrir, elle s'était enfuie comme une lâche laissant derrière elle une simple lettre d'adieu et sa bague de mariage.

Mon père a subi une espèce de choc. Depuis cinq ans, il n'a jamais pu accepter le départ de ma mère, l'abandon pour lui a été beaucoup trop fort. Il revit sans cesse ses souvenirs, sa rencontre et est persuadé qu'elle reviendra un jour ou l'autre. J'ai essayé parfois de le raisonner, de lui faire comprendre qu'elle ne reviendra jamais mais il perd à chaque fois le contrôle de lui-même et me frappe jusqu'à ce que je lui dise ce qu'il veut entendre. Dans ces moments-là, je ne sais pas ce qui me fait le plus mal, ses coups ou lui mentir une énième fois.

Je n'ai jamais su le comprendre, comme s'il était bloqué entre deux mondes, celui qu'il s'imagine en voyant ma mère revenir, et celui où il détruit tout, même moi son fils, et ces jeunes femmes sur lesquelles il a jeté son dévolu. Chaque soir quand je rentre de mes cours, je crains qu'il ait trouvé d'autres femmes. Quatre. Quatre femmes ont été ses victimes et malheureusement, Ava est la nouvelle. Elles se ressemblent toutes, enfin elles ressemblent surtout à ma mère plus jeune, brune aux cheveux longs, grande et fine avec les yeux bleus, avec énormément de charme. Il les a toutes séquestrées et j'y ai participé à chaque fois.

Je rejoins mon père qui est installé sur son fauteuil dans le salon avec une bière dans la main.

— Elle est mignonne la Ava, non ?

— Oui, ça va.

Je sais que mon père la voit plus comme un objet, que comme une jeune femme.

— D'ailleurs, maintenant on lui met des somnifères dans sa bouffe, comme ça, ça m'évitera de la calmer comme hier à chaque fois que j'irai la voir.

Je n'aime pas cette option.

— Je vais aller travailler, tu sais ce qu'il te reste à faire, m'ordonne-t-il.

Je hoche la tête en guise de réponse.

Mon père claque la porte derrière lui ce qui me fait sursauter. J'éteins la télévision et ramasse la bière qu'il a laissé sur la table basse. Arrivé dans la cuisine, j'ouvre le réfrigérateur pour récupérer les pâtes que nous donnons à Ava depuis plusieurs jours. A la vue de cette nourriture infâme, je comprends qu'elle préfère se laisser mourir de faim. J'aperçois les quelques somnifères qui traînent sur la table de cuisine, j'en écrase un et saupoudre l'assiette remplie avec.

— Comment vas-tu ? commençé-je.
— Eh bien écoute, je me sens horriblement fatiguée alors que je passe mon temps à dormir, j'ai mal partout et je suis emprisonnée. A part ça, tout va bien.

— Fais-moi voir tes blessures.

Elle soulève son tee-shirt et s'installe à côté de moi pour que je puisse l'ausculter.

— Ça a l'air de guérir correctement.

— Si tu le dis, répond-elle froidement avant de renchérir :

« Pourquoi vous faites ça ? Qu'est-ce que j'ai pu faire pour atterrir, ici ?

— Je ne peux pas te répondre, vraiment.

Je sors un paquet de cigarettes et un briquet d'une de mes poches et en allume une devant elle. La fumée la fait tousser.

— Désolé, je vais aller fumer ailleurs.

— Non, t'inquiète pas, me dit-elle. Tu ne m'as pas répondu la dernière fois …

Je la sens ailleurs, déprimée.

— Par rapport à quoi ? je lui demande en prenant une taffe sur ma cigarette.

— Les autres victimes …
— Je n'ai pas le droit d'en parler.
— Alors, tu te fais frapper, tu dois t'occuper de moi, te taire sur ce que tu vis et vois, tu es autant prisonnier que moi en fait…
Je hausse les épaules, ne sachant pas quoi répondre.
— Elles ont été tuées, c'est ça ?
Mon regard fixé dans le sien confirme ce qu'elle pense, j'écrase le mégot à mes pieds.
« Génial, en plus de sentir l'humidité et le moisi, tu me rajoutes l'odeur de la cigarette, s'agace-t-elle avec un léger sourire.
Elle a un sourire terrible, elle doit en avoir des garçons à ses pieds ; ses yeux,

les courbes de son corps, tout est magnifique chez elle. Ressaisis-toi Zack ! Tu es en train de craquer pour la victime de ton père.

Nous parlons pendant quelques heures.

Ava me raconte sa vie. Elle n'est pas réticente envers moi, comme si le fait de l'avoir soignée de ses blessures causées par mon père avait brisé cette barrière entre nous, cette barrière d'un criminel avec sa prisonnière.

Je reste encore quelques minutes auprès d'Ava qui s'est endormie avant même d'avoir terminé sa phrase. J'admire sa beauté, je la laisse pour aller me préparer. C'est une nuit blanche de plus que j'entame avant de poursuivre ma journée de cours. Je passe un coup d'eau sur mon visage dans la salle de bain et attrape mon sac pour les quelques kilomètres à pieds que j'ai à faire et rejoindre mon établissement. Pendant ma marche, je repense à Ava. Je me rends compte que cette nuit, nous avons tissé des liens de complicité.

Chapitre sept.

Je n'arrive pas à savoir depuis quand je suis enfermée dans cet horrible endroit. Tout ce que je sais, c'est que le temps me paraît tellement long, je n'entends aucun bruit et les seuls moments où je peux sortir de mes pensées sont les pires instants. Ce monstre continue à me regarder comme une merde.

Des pas différents de d'habitude me réveillent. Quand je relève la tête du matelas, j'aperçois le visage de ce monstre qui s'approche de plus en plus près de moi sans se tenir droit. Il sent l'alcool à plein nez, il rit seul, énonce des mots incompréhensibles. On dirait un fou, un de ces fous enragés que l'on peut voir dans les films, quand leur vie de meurtrier les plonge dans l'extase.

— Alors comme ça, tu as voulu m'abandonner ? Pourquoi as-tu osé faire ça ?

Je ne comprends rien, je me relève comme je peux. Son comportement m'intrigue. D'habitude, il est froid, méchant, agressif. Là, c'est différent. Il a toujours ce sale regard, mais cette fois s'y mélange une sorte de tristesse profonde.

— C'est aujourd'hui l'anniversaire de notre mariage, vingt-deux ans de mariage, cela se fête, non ?

Il me prend pour sa femme. Il boit une nouvelle gorgée de la bouteille de whisky qu'il tient à pleine main. Son regard posé sur moi me répugne, il s'assied sur le matelas sans me quitter de ses prunelles bordées de larmes. Je m'éloigne comme je peux, il commence à caresser une de mes jambes nues en remontant de plus en plus. J'essaie tant bien que mal de le repousser avec ma main libre.

— Arrêtez !

— Et pourquoi ? Tu es tellement belle !

Son visage est à quelques centimètres du mien, ses yeux louchent sur mes lèvres.

— Allez, laisse-toi faire.

Je commence à hurler à m'en tuer la gorge, en priant de toutes mes forces que

Zack soit dans les parages pour me venir en aide.

— Arrête d'aboyer, salope !

Il m'attrape la mâchoire et me la serre fort. Ses lèvres baveuses se collent à mon cou. Un goût de vomis remonte en moi. Instinctivement, je lui enfonce mon genou dans l'entre-jambe ce qui le stoppe net. Il hurle de douleur, mon coeur s'affole, je prends conscience de mon geste et me rappelle les conséquences de ma dernière révolte. Par instinct de survie, je lève mon bras pour cacher mon visage, pour me protéger des futurs coups qui vont s'abattre sur moi. Mais rien, il se contente de se lever, difficilement, bousculé par l'alcool qui doit baigner dans son sang. Il récupère sa bouteille d'une main et met l'autre à l'endroit où je venais de le frapper. Quand la porte claque derrière lui, mon corps s'emporte, j'explose, hurle, pleure jusqu'à ne plus avoir de force pour le faire, je veux enlever de ma tête ce qui vient de se passer.

Zack.

Sur le chemin, de retour de mes interminables heures de cours, je n'attends qu'une seule chose : retrouver Ava.
— Salut papa !
Il se contente de lever son bras pour me saluer, assis sur son canapé toujours accompagné d'une bière et d'un nouveau match de foot.

Je me dirige vers ma chambre et lance mon sac sur le lit avant de retrouver mon père et de m'asseoir à ses côtés.

— Au fait, j'ai eu dix-huit à mon dernier devoir de français, dis-je fier de moi.

Il ne me répond pas, je ne suis même pas sûr qu'il m'ait bien écouté. Il ne voit même pas ma déception. Tout ce qui l'intéresse, c'est de boire et attendre que le temps passe. Il n'a véritablement plus de vie. Avant nous étions proches, il m'emmenait souvent à des matchs de foot qui se déroulaient pas loin de chez nous ; il m'aidait à faire mes devoirs ; avant, il s'intéressait à moi et à ce que je pouvais ressentir aussi. Aujourd'hui, c'est chacun pour soi, sauf bien sûr quand il a besoin de mon aide pour enlever ses victimes et m'en occuper en son absence. Personne ne peut comprendre pourquoi je fais ça pour lui. Encore plus, au regard de la façon dont il me traite. Mais moi aussi, je souffre de l'abandon de ma mère, moi aussi secrètement, j'aimerais qu'elle revienne et qu'on reforme cette belle famille que nous étions il y a quelques années.

Encore devant le match, mon père se lève en prenant bien soin de finir sa canette de bière. Il la laisse sur la table basse et enfile sa veste.

— A demain, me dit-il en fermant la porte derrière lui.

— C'est ça, je réponds dépité.

Quelques minutes après le départ de mon père, je rejoins Ava. J'ai préparé son plateau-repas, mon père avait laissé la boîte de somnifères sur le plan de travail pour ne pas que j'oublie d'en mettre dans la nourriture. Je louche sur la boîte quelques secondes avant de la laisser. Après tout, elle a morflé déjà assez comme ça et puis, mon père ne le verra pas. Je me dirige vers la cave pour rejoindre celle à qui je pense depuis mon réveil.

— Salut Ava, lui dis-je en souriant.

Elle ne me répond pas. Décidément, ce n'était pas ma journée. Elle est allongée sur son matelas, les yeux rouges et gonflés.

— Ça ne va pas ? je lui demande avant de réaliser ma bourde.

Ma question est débile, comment veux-tu qu'elle aille bien, menottée à une gouttière dans une cave. Zack, sérieux ?

— Désolé, c'est débile ce que je viens de dire.
Je me pose à côté d'elle, je n'ai qu'une seule envie, la prendre dans mes bras pour ne plus la voir triste.
— Je préfère être seule ce soir, s'il te plaît, déclare-t-elle sans même me jeter un regard.
Je la trouve bizarre. Enfin, je comprends que compte tenu des circonstances, elle ne peut pas être heureuse. Mais d'ordinaire, elle me parle, parfois elle m'engueule même, mais là rien. Elle vient de se réfugier sous la couverture. Je me relève et la laisse acceptant sa décision à contrecœur. Je m'installe à mon bureau essayant tant bien que mal de me concentrer sur mes révisions. Mais bien

sûr, mes pensées lui sont destinées. Je commence à comprendre qu'elle a un effet sur moi, une attraction que je n'avais jamais ressentie avant elle.

Chapitre huit.

Ava.

Je me sens toujours aussi faible, j'ai l'impression de passer mon temps à dormir, ma tête est lourde et mon corps affaibli. Allongée sur le flanc, je rapproche mes genoux de ma poitrine difficilement. D'énormes battements rugissent dans ma tête, je frotte mes tempes pour essayer d'évacuer ce mal de tête.

Zack atterrit une nouvelle fois devant moi avec une assiette de pâtes.

La scène qui s'est produite avec son père, il y a quelques jours, me trotte encore à l'esprit. Pourquoi m'a-t-il confondu avec sa femme ? Je veux en savoir un peu plus, comprendre s'il y a un rapport avec moi et toutes ces autres filles qui ont souffert par sa faute avant moi. Je réfléchis aux questions que je pourrais poser à Zack subtilement sans éveiller ses soupçons.

— Il y a quelque chose que je me demande depuis quelques jours… énoncé-je sans prendre la peine de me relever pour être à sa hauteur.

— Dis-moi, m'invite-t-il en se posant à mes côtés.

— Vous vivez seuls avec ton père ?

Son regard change, il baisse la tête.

— Oui.

— Et ta maman ?

Je sens que ma question est un sujet sensible pour lui. Je l'entends déglutir, de longues secondes passent. Mon regard toujours posé sur lui, il se gratte les cheveux et souffle un grand coup avant de répondre enfin à ma question.

— Elle nous a abandonnés il y a cinq ans maintenant.

— Je suis désolée.

— Elle est partie avec un autre homme, plus beau, plus riche que mon père. Mais il reste persuadé qu'elle va revenir …

— Cela fait cinq ans qu'il est comme ça ?

— Je ne peux pas te dire pourquoi il fait ça. Moi-même, je n'arrive pas à comprendre, il n'a jamais voulu m'expliquer. Mais tout ça, c'est à cause de ma mère, c'est depuis son départ qu'il est devenu fou. J'ai fait quelques recherches sur internet et d'après ce que j'ai compris, il a subi une espèce de choc, comme s'il ressentait le besoin de détenir une jeune femme, il doit penser que c'est de sa faute si elle est partie…

— En gros, il est devenu totalement fou à cause de ta mère. Mais pourquoi, moi ? Pourquoi toutes ces filles en particulier ?

— Parce que tu lui ressembles.

— Tant que ça ?

— Bien sûr, la même couleur de cheveux, les yeux aussi, elle avait aussi le même physique que toi…

Quelle idée ai-je eu de vouloir me foncer les cheveux avant ma rentrée ! Si je les avais laissés naturels comme m'avait suggéré ma mère, cela m'aurait sûrement évité tout ça.

J'ai enfin les réponses à toutes mes questions qui s'accumulent dans ma tête depuis des jours.

— Zack, ton père a besoin de se faire soigner, emmène-le dans un endroit où il pourra être pris en charge.

— Je ne peux pas, j'ai déjà essayé quand il a enlevé sa première victime…

— Et ?

— Il m'a frappé et menacé.

— Mais il a vraiment besoin d'aide, tu ne peux pas le laisser continuer de faire ça !

— Je suis son complice, et si je fais savoir qu'il est fou, ils feront sûrement des recherches sur lui, il ira en prison et moi aussi. Si je le dénonce, je m'envoie en taule.

Zack commence à s'en aller, énervé par notre discussion.

— Attends ! je l'arrête. Tu accepterais de rester avec moi ? A part dormir et penser, il n'y a rien à faire de palpitant dans cet endroit, j'ai besoin de compagnie.

— Je suis désolé pour toi.

— Pas au point de m'aider à sortir de là !

— Je ne peux pas.

— Bien sûr que si.

— Si je le fais, mon père me fera passer un sale quart d'heure.

— Alors, il vaut mieux qu'il me tue, c'est sûr.

— Écoute-moi, je ferai tout pour qu'il ne t'arrive rien.

— Tu as dit ça aux autres aussi ?
— Non, tu n'as rien à voir avec les autres et tu le sais.
— Non, je ne le sais pas. Il suffirait juste qu'on disparaisse tous les deux !
— Je ne laisserai pas tomber mon père.
— Mais putain, c'est un tueur !
— Il reste mon père quand même, si c'est pour que l'on discute de ça autant que je parte.
— C'est bon, j'arrête, mais prend-moi dans tes bras s'il te plaît.
Il le fait sans discuter. C'est fou comme ses bras peuvent m'apaiser, je ne peux dire combien de temps nous restons comme ça mais qu'importe, je me sens bien et j'ai l'impression que lui aussi, c'est tout ce qui compte.

Chapitre neuf.

Je me retrouve une nouvelle fois avec Zack. Il vient de m'apporter mon repas aussi dégueulasse que les précédents, mais cette fois-ci, je meurs tellement de faim que je prends sur moi pour me nourrir un peu. Quand nous nous retrouvons, tandis que je m'inflige d'avaler les pâtes, Zack lui, étudie ses cours pour le lendemain. C'est moi qui lui ai donné l'idée, cela lui évite de perdre du temps et moi, cela m'occupe. J'aime aussi lire ses bouquins de cours, ça me fait passer le temps. Mais ce soir, je n'arrive pas à me concentrer d'autant que cela fait quelques minutes, je pense, que le téléphone de Zack n'arrête pas de sonner.

— Je ne savais pas que tu avais autant d'amis.

— C'est juste parce que c'est mon anniversaire.

— Vraiment ? Bon anniversaire alors.

— Merci.

— Et tu as quel âge du coup ?

— Vingt ans.

— Vingt ans ? Et tu restes là, au lieu d'aller fêter ça toute la nuit ?

— Alors, déjà nous sommes mardi, donc je doute que qui que ce soit ait envie de sortir.

— Désolée, je n'ai vraiment plus la notion du temps.

— Je sais bien et de plus, je ne suis pas trop « sortie ».
— Tu n'aimes pas sortir avec tes amis ? Je veux dire aller boire un verre, aller au cinéma ou en boîte de nuit ?
— Très peu pour moi et puis, je suis censé te surveiller toute la nuit.
Je lève mon poignet emprisonné.
— Tu sais, je ne vais pas aller très loin.
— Je n'ai pas envie de te laisser seule.
— Pourtant, je le suis bien la journée, alors tu sais…
— Raison de plus pour rester avec toi toutes les nuits le plus possible.
— Et quand est-ce que tu trouves le temps de dormir avec tes études ? je lui demande.
— C'est compliqué en ce moment, on va dire que je dors plus en cours qu'ici.

— Tu ne devrais pas laisser tes études de côté.
— Ne t'en fais pas pour moi.
— Si justement, je ne veux pas que tu aies la même vie que ton père, tu mérites d'avoir mieux, de t'en sortir.
— C'est fou quand même, tu es ma prisonnière et tu prends soins de moi, t'es vraiment bizarre comme fille.
— Alors déjà, je suis la prisonnière de ton père et ensuite, je prends cela comme un compliment.
Il me fait un petit sourire. Qu'est-ce que j'aime quand il me regarde comme ça. Et puis, merde, j'ai envie de le lui dire. Après tout, si je dois finir mes jours, je n'ai rien à perdre à dévoiler mes sentiments pour lui.

— Tu sais Zack, plus le temps passe et plus je me sens proche de toi.
— Ava, tu es la prisonnière de mon père et je suis son complice.
— Mais tu n'es pas comme lui.
— Arrête de me défendre, c'est moi qui t'ai enlevée après que mon père t'a renversée.
— Mais contrairement à lui, tu as des remords.
— Je reste un connard quand même.
— Non, continué-je en me rapprochant de lui.
— Je me déteste de te faire subir ça…
Je décide de changer de sujet, et la première chose qui me vient en tête, c'est de savoir quel jour on est. Je ressens ce

besoin sans cesse de me repositionner dans le temps.

— Nous sommes le combien ? je lui demande perdue.

— Le 23.

— Décembre ?

Il acquiesce.

— Noël…

C'est le seul mot que je peux sortir d'entre mes lèvres.

— Quoi Noël ?

— Je vais manquer Noël avec ma famille, pour la première fois.

— Je suis désolé.

Je comprends que pour lui, c'est un soir comme les autres mais pour moi, cela a toujours été un moment important. Chaque fin d'année, j'aimais habiller ma maison de décoration, faire mon sapin avec mon petit frère, organiser le repas avec mon père pour le soir propice. Ma famille me manque terriblement et j'ai envie d'en parler avec Zack.

— Tu crois que ma famille me recherche.

— Bien sûr que oui.

— Alors, pourquoi personne ne m'a encore retrouvée ?

— Nous sommes loin de tout, ils n'ont aucune raison de venir chercher par ici.

— Alors, je vais vraiment mourir ?

Il baisse la tête et s'en va. Je le regarde en larmes monter les escaliers. Quelques instants plus tard, il les dévale cette fois deux à deux.

— Je vais te montrer quelque chose, regarde ça !

Il appuie sur « lecture », je découvre mes parents et Adisson sur l'écran.
Leurs voix me frappent en plein cœur.
« Il faut nous aider à retrouver notre fille, aidez-nous s'il vous plaît ! »
« Je veux retrouver ma sœur. »

Ils sont tous les trois en pleurs devant plusieurs caméras et journalistes, je ne pensais pas que mon absence avait pris autant d'envergure.
— Je veux les retrouver, je t'en supplie, aide-moi à sortir d'ici, dis-je sans quitter des yeux leurs visages sur l'écran.
— Je ne peux pas, j'aimerais t'aider mais je ne peux pas.
Je m'éloigne de lui d'un coup.

— Arrête de me dire que tu aimerais m'aider, c'est faux. Si tu le voulais vraiment, je serais déjà dehors et j'aurais repris le cours de ma vie depuis longtemps.
— Je suis dans la même merde que toi.
— Sauf que toi, tu n'es pas enchaîné, tu n'es pas enfermé dans une cave depuis je ne sais pas combien de temps ! Toi, tu peux voir le monde extérieur, tu peux parler à des gens, dormir dans ton lit. Toi, tu peux vivre, moi non, je suis juste une prisonnière.
— Crois-moi Ava, si je le pouvais, je te sortirais de là. Je NOUS sortirais de là !
— Alors fais-le ! crié-je de tout mon cœur.
— Tu sais, tu as de la chance, les autres ne sont pas restées en vie aussi longtemps.

— Et je dois me sentir privilégiée, c'est ça ?

Est-ce qu'il se rend compte de ce qu'il dit ?

Il s'immobilise quelques secondes devant moi, son regard cristallisé dans le mien. J'attends, j'attends de voir s'il est prêt à agir. Si là, maintenant, il sera assez courageux pour une fois. Mais rien, il préfère s'en aller et me laisser seule encore une fois. Cette fois-ci, je ne m'attends plus à rien venant de lui. En larmes, la gorge nouée pour changer, je rapproche un peu plus mes genoux de ma poitrine. Mon corps me brûle, certaines de mes blessures me lancent encore et pourtant je meurs de froid, enfouie dans ma couverture. Je pense à ma famille, je m'évade comme je peux dans mes souvenirs.

Chapitre dix.

Je me sens de plus en plus affaiblie et dans ma tête c'est un brouillard monstre. J'aimerais pouvoir appeler Zack à l'aide ne sachant quelle heure il est, je ne veux pas prendre le risque de tomber sur le monstre.

— Ava, il faut que je te raconte quelque chose…

Je reconnais sa voix, il se rapproche de moi mais mon corps est incapable de se soulever pour m'asseoir.

— Zack, je n'en peux plus…

— Qu'est-ce qu'il y a Ava ? me demande-t-il en posant l'assiette au sol d'un geste brutal laissant tomber quelques pâtes à côté.

— Mais regarde-moi, putain ! Je ne suis plus qu'un sac d'os, je ne ressemble plus à rien, je mange à peine, je n'ai plus respiré d'air frais depuis je ne sais combien de temps, je suis attachée comme un vulgaire animal, je deviens folle, je n'en peux plus vraiment…

— Ava…

Il ne sait pas comment réagir et moi, mon corps me lâche-un peu plus chaque jour…

— Je vais mourir Zack, je le sens !

Mon souffle est de plus en plus saccadé, je pose mes mains sur mon thorax, des tremblements commencent à prendre en

otage mon corps, une boule grossit dans ma gorge. Je comprends que je fais une crise de panique. Il m'arrivait souvent d'en faire quand j'étais petite, quand je n'arrivais pas gérer ma peur. Seuls mes parents savaient comment me calmer quand je me retrouvais dans cet état.
— Zack, aide-moi… murmuré-je difficilement.

Zack.

Je reste stoïque devant Ava, je ne sais pas quoi faire. Je commence à faire les cents pas, lui sers un verre d'eau avec mes mains tremblantes. Je me rapproche d'elle

et soulève sa tête pour la poser sur mes genoux.
— Essaie de boire Ava, dis-je en portant le verre à ses lèvres.
Elle continue de paniquer, je lui caresse les cheveux pour essayer de l'apaiser. Elle avale une gorgée d'eau laissant une goutte couler sur le coin de sa bouche que j'essuie avec mon pouce.
— Calme-toi, je suis là.
Sa respiration reprend un rythme normal peu à peu, ce qui me rassure. Je respire un grand coup pour reprendre mes esprits, attends quelques minutes pour être sûr qu'Ava s'apaise.
— Tu vas mieux ?
— Oui, merci.
— Je voulais te parler de quelque chose…

Elle relève son visage de mes genoux et s'assoie en face de moi en s'appuyant comme elle le peut sur le matelas.

— Tu sais, moi je n'ai pas fêté cette fête depuis que ma mère est partie. Mon père travaille. A chaque fois, je le passe seul chaque année, notamment ce soir…

— Ça doit être dur…

— Le premier oui, je t'avoue que j'étais mal, mais ce soir je veux te proposer qu'on le fasse ensemble…

— Sérieusement ? je m'enthousiasme.

— Oui, d'ailleurs, j'ai une surprise pour toi, ne t'attends-pas à un truc exceptionnel… C'est un cadeau pour toi.

— Un collier ?

Elle est ébahie devant mon cadeau, on en oublie tous les deux ce qui s'est passé il y a encore quelques instants.
— Il appartenait à ma mère. Elle l'a oublié, je l'ai récupéré, mon père n'est pas au courant, je le cache sous mon oreiller.
— Tu m'offres le bijou d'une personne que tu détestes ?
— Je ne voulais pas te le donner dans ce contexte même si je n'accepte pas ce qu'elle a fait, elle reste ma mère et je l'aimerais toujours. Je garde en tête de bons souvenirs avec elle quand même…
— Tu pourrais m'en raconter ?
— Eh bien, par exemple, je me souviens que tous les soirs quand j'étais petit, elle venait s'allonger dans mon lit avec moi et me racontait toutes les histoires de Disney.

Ne te moque pas, mais oui, j'étais fan des Disney plus jeune. J'aborde un sourire en même temps en y repensant.

« Elle venait me chercher à l'école tous les vendredis soir avec un goûter qu'elle achetait à la boulangerie et parfois même, m'accompagnait au parc… Enfin bref, ce collier reste important pour moi.

— C'est pour ça que tu devrais le garder pour toi.

— Tu me vois le porter ?

— Bien sûr que non, répond-elle en rigolant, mais tu pourrais l'offrir à ta future femme plus tard ?

— J'ai envie que tu l'aies toi.

— Tu n'es vraiment pas obligé.

— Tu ne le veux pas ?

— Si bien sûr, merci beaucoup Zack.

Ava se rapproche de moi pour me remercier avec un câlin. Je ressens encore les papillons s'agiter dans mon ventre dès que je suis en contact avec sa peau.
Elle ne veut pas le mettre autour de son cou de peur que mon père découvre le cadeau, elle le met dans la poche de sa jupe.
— J'en prendrai soin, mais par compte, je n'ai pas de cadeau pour toi.
— Sérieux ? Je suis déçu…
Elle sourit à ma réflexion. Son sourire est ma seule victoire.

Chapitre onze.

— Ah ! Voilà enfin mon rayon de soleil, dis-je en voyant Zack descendre.

— Quel accueil !

— Je n'ai pas le droit à des pâtes ce soir ?

— Tu sais quel jour on est aujourd'hui ?

— Bien sûr, j'ai même mon calendrier pour compter mes jours de séquestration.

— Désolé, j'arrête pas de dire de la merde.

— C'est moi qui te perturbe autant ?

— Ne va pas croire ça non plus, sérieusement, nous sommes le trente et un décembre et je veux te proposer qu'on le fasse tous les deux.

— Pourquoi pas, je n'ai rien prévu d'autre.

J'atterris dans le salon pour la seconde fois. Je peux remarquer que le ménage a été fait depuis la dernière fois.
— Qu'est-ce que tu aimerais faire ? me demande Zack.
— Je ne sais pas trop, que me proposes-tu ?
— …
— J'ai le droit à une douche ? Parce que j'en peux plus de cette odeur.
— Si tu veux oui, tu sais où c'est.
Je le remercie et me précipite dans la salle de bain. Je ferme derrière moi la porte, fouille pour trouver une serviette propre et me déshabille. Je fais face à mon corps nu devant le miroir, mes côtes ressortent tellement et mes cuisses sont devenues de vrais cure-dents, je me trouve dégueulasse.

L'eau chaude coule sur ma peau, je peux enfin me débarrasser de cette horrible odeur. Je me débarrasse de l'élastique de mes cheveux, les démêle comme je peux avec mes doigts, ils sont horriblement gras et puent autant que mon corps. Des cheveux glissent le long de mon dos pour atterrir à mes pieds. Je passe mes mains sur mon visage pour enlever l'eau qui m'empêche d'ouvrir les yeux et cherche un gel douche. Je prends le premier que je vois. En ouvrant la bouteille, je reconnais de suite le parfum de Zack, je prends une énorme dose dans la paume de ma main et étale avec soin le gel douche doucement sur mon corps pour ne pas que mes blessures me fassent mal.

J'attrape mes vêtements que j'ai laissés sur le sol. Je les passe sous la douche avec moi et les nettoie avec le gel douche aussi. Tant qu'à faire, autant tout nettoyer.

— Zack ? crié-je en sortant ma tête par la porte.
— Tu n'es pas obligée de hurler, je suis juste à côté.
— J'ai nettoyé mes affaires mais du coup, je n'ai plus rien à me mettre.
— Je reviens.
Il me ramène un sweat et un short, je les accepte avec plaisir et referme la porte pour m'habiller. J'étale mes affaires comme je peux dans la pièce pour les laisser sécher dans la nuit.

De nouveaux dans le salon, je peux sentir une odeur de pizza qui me plaît bien.

— Vu que je suis une merde en cuisine, j'ai préféré acheter des pizzas.

— Ça me va, ça va me changer des pâtes infâmes que vous me forcez à manger depuis des jours et des jours.

— Mes fringues te vont bien !

— C'est vrai, tu me trouves sexy comme ça ?

— Y'a mieux mais bon…

— Connard ! D'ailleurs, il faudra que tu te rachètes du gel douche, je l'ai vidé entièrement.

Nous rigolons tous les deux et nous nous installons face à face sur la table de la cuisine. Je prends une première part de la pizza aux quatre fromages et déguste avec plaisir ma première bouchée.

— Qu'est-ce que c'est bon ! dis-je en fermant les yeux pour mieux savourer.

Cela me fait du bien de me trouver dans un autre cadre avec Zack. Plus le temps passe et plus je le vois différemment. Je le trouve moins froid, plus attentionné, je veux encore en savoir plus sur lui, toujours plus.

— J'ai une question…

— Tu as toujours des questions, c'est dingue ça !

— Tu as déjà eu des petites amies ?

— Pourquoi tu veux tout savoir sur moi ?

— Je suis très curieuse.

— Oui, quelques-unes, mais apparemment les garçons trop mystérieux, ça ne plaît pas à temps plein aux filles
— Tu as toujours été comme ça ?
— On va dire que je le suis devenu au fil des années, c'est compliqué d'expliquer ma vie de famille et encore plus d'emmener une fille chez moi, alors elles me lâchent vite à chaque fois.
Nous passons le reste du repas, enfin de la pizza, à parler de nos vies amoureuses toutes aussi passionnantes les unes que les autres. Il faut dire que les miennes se résument à quelques jours de flirts, rien d'autre. Je n'ai jamais eu de relations sérieuses et je me rends compte que Zack est comme moi.

— Alors maintenant que tu es toute propre, que tu as bien mangé, qu'est-ce que tu veux faire ?
— Tu n'aurais pas Netflix par hasard ?
— Qui ne l'a pas ? s'exclame-t-il en retour avec un sourire en coin.
J'aide Zack à débarrasser la table, il ne faut pas qu'on laisse de traces de ma venue dans la maison.
Je suis Zack jusqu'à sa chambre, et découvre enfin son univers. Des posters d'artistes tapissent les murs, son bureau est rempli de bouquins de ses cours, son lit est défait, sa couverture mise en boule. Je tombe dans une véritable chambre d'ado.
— Alors, tu voudrais regarder quoi ?
Zack se pose sur son lit et démarre l'ordinateur portable.

— Ma série préférée, j'ai dû louper tellement d'épisodes depuis.
— Et c'est quoi ?
— Riverdale.
— Sérieux ?
— Bien sûr, pourquoi ?
— C'est nul.
— Je crois entendre mon petit frère.
— Au moins ça veut dire qu'il a bon goût.
— C'est sûr que quand je vois ta chambre, je vois que vous avez beaucoup de choses en commun…
— Bon allez, viens t'installer, ça va commencer, me dit-il en tapotant son lit.
Je me couvre avec sa couverture. Zack éteint la lumière et met la série en route en s'installant auprès de moi.

Concentrée devant mon couple préféré de la série, j'oublie pendant quelques heures l'enfer que je vis.

Zack.

Je vois Ava s'endormir peu à peu devant l'ordinateur, elle est tellement belle. Je coupe la série me sentant partir dans les bras de Morphée moi aussi. Je pose l'ordinateur par terre à côté de mon lit, jette un coup d'œil sur mon téléphone. Il est plus de deux heures du matin, nous n'avons même pas penser au nouvel an. C'est fou comme le temps passe vite à ses

côtés. Je m’allonge correctement et commence à caresser ses cheveux. Elle bouge et se blottit contre moi, sa tête sur mon torse, je m’endors en écoutant sa respiration.
Je crois bien que je suis en train de tomber amoureux d’elle.

Chapitre douze.

Pour la première fois depuis des semaines, je suis heureuse de me réveiller. Je me trouve enveloppée dans les bras de Zack, mon dos collé contre son torse nu et chaud. J'ouvre les yeux tout en caressant du bout de mes doigts l'un de ses bras qui entoure ma taille. J'aime son odeur, je me sens en sécurité près de lui, je n'ai plus l'impression d'être une prisonnière. Cela fait une heure que j'attends qu'il se réveille. C'est bête mais de voir l'heure en face de moi me fait un bien fou. Je peux enfin situer ce que je vis dans le temps. Je me suis retournée pour lui faire face et l'admirer en plein sommeil. Je ne l'avais jamais vu aussi paisible, mes doigts se sont déplacés vers son visage. Je décide sur un coup de tête de me lever et de laisser Zack dormir encore. Je veux le remercier à ma façon de m'avoir laissé une certaine liberté pour la nuit en lui préparant un petit déjeuner comme je les aime. Je passe par la salle de bain pour reprendre ma tenue toute sèche. Je pose les affaires de Zack sur la chaise et passe un coup d'eau sur mon visage. En m'approchant de la cuisine, je ne m'attendais pas à trouver autant de nourriture dans les placards ni même dans le réfrigérateur au vu de tous les repas remplis de pâtes qu'ils ont osé me donner depuis le début de ma captivité ! Je mets sur la table tous les ingrédients dont j'ai besoin pour mes préparations, j'ai envie de crêpes, de pancakes, d'œufs, et de fruits. Alors que je suis en pleine cuisson de mes œufs brouillés, Zack arrive en panique dans la cuisine, il vient de finir d'enfiler son tee-shirt quand il m'aperçoit.

— Avoue, tu as eu peur que je me sois évadée ? je lui demande amusée de la situation.

— Du tout, dit-il en souriant.

— Vraiment ?

— C'est vrai que l'idée m'a traversé l'esprit. Et pourtant je suis là.

— Tu aurais pu partir.

— Tu m'as dit que cet endroit était paumé, que je serais incapable de retrouver ma route et puis, je ne compte pas partir sans toi.

Il me sourit et se rapproche de moi.

— Qu'est-ce que tu fais ?

— Cela ne se voit pas ? Je nous prépare un bon petit déjeuner.

— Ça sent bon en tout cas.

— Merci.

Zack se colle à moi tout en me regardant cuir les oeufs, sa tête au-dessus de la mienne. Je me confie nostalgique :

— Tous les dimanches, ma mère et moi préparions un énorme buffet, et après, nous nous installions tous ensemble devant un film. J'espère qu'un jour, je pourrai revivre ce genre de moment.

Alors que Zack s'apprête à me répondre, nous entendons une voiture rouler sur les gravillons.

— Merde, c'est mon père, il faut que tu y ailles.
— Ne me dis pas que j'ai fait tout ça pour rien !
— Je t'en apporterai plus tard.
Je laisse mes œufs et me précipite vers la cave. Nous entendons tous les deux la porte de la voiture claquer. Zack referme la porte derrière moi. Je descends précipitamment les marches pour aller me rattacher à la gouttière.

Zack.

Après avoir refermé la porte de la cave, je me précipite vers la gazinière pour l'éteindre. Je mets un torchon sur une de mes épaules pour faire croire à mon père que c'est moi qui ai préparé tout ça.

— Salut mon fils, commence mon père en passant le pas de la porte.

— Salut.

Je mets les œufs dans un plat et les ajoute aux autres préparations sur la table.

— Pourquoi as-tu fait tout ça ?

— J'avais envie de cuisiner ce matin.

En regardant la table de plus près, je peux voir qu'elle est remplie. Ava avait préparé des crêpes, grillé du bacon, fait une corbeille en rassemblant tous les fruits… J'aurais tellement aimé déjeuner avec elle plutôt que d'avoir affaire à mon père qui ne fait même pas attention à tout ça.

— Je vais bientôt me débarrasser d'elle.

Je me fige, il me dit ça tout en mangeant une crêpe et en louchant sur le courrier.
— Pourquoi ça ?
— J'ai trouvé une autre fille, elle ressemble encore plus à ta mère.
— Papa, tu ne penses pas que tu devrais arrêter.
— Où tu veux en venir ?
— Tu ne veux pas reprendre ta vie en main, sortir, voir tes amis ?
— Qu'est-ce que tu me fais là ?
— Tu vois bien que ça ne sert à rien ce que tu fais ? Tuer, torturer toutes ces filles ne fera pas revenir maman.
— Elle reviendra !
— Tu crois vraiment ? Est-ce qu'une seule fois tu t'es imaginé sa vie maintenant ? Parce que moi, je la connais tu vois et,

sois-en sûr, elle a une vie de princesse grâce à son nouveau mec. Que tu le veuilles ou non, elle nous a oubliés toi comme moi.

— Tu mens, elle va revenir, elle ne peut pas laisser tomber sa famille.

— Ça fait cinq ans qu'elle l'a laissé tomber sa famille. Là, en ce moment, elle se dore la pilule sur une île paradisiaque parce qu'elle a préféré aller dépenser l'argent de son millionnaire plutôt que d'assumer son rôle de mère et de femme. C'est juste devenu une salope, c'est tout...

Je regrette aussitôt mes dernières paroles. Ma haine a pris le dessus, je pensais avant tout à protéger Ava. Mon père ne perd pas de temps à lancer son premier poing dans mon visage, il s'enrage et me frappe de toutes ses forces.

— Respecte ta mère !

Il répète cette phrase des dizaines de fois tout en continuant de me frapper sur toutes les parties de mon corps. Après des minutes de massacre, mon père m'abandonne pour se réfugier dans sa chambre me laissant seul au milieu de la cuisine. J'agonise, j'ai mal partout, je sens du sang se propager sur mon visage, mon corps ne me répond plus. Je suis incapable de me relever.

Chapitre treize.

L'obscurité s'accroît de plus en plus, ce qui veut dire que Zack va bientôt arriver et que son père sera loin de moi et de cette maison.

— Je t'ai attendu pour savourer le petit déjeuner que j'avais prépa…

Je n'ai pas le temps de terminer ma phrase quand je constate les marques sur le visage de Zack. Le peu de lumière qu'il y a dans la cave me permet d'apercevoir sa lèvre enflée et le bleu qui maquille sa joue.

— Qu'est-ce qu'il t'est arrivé ? demandé-je inquiète.

— Rien, ne t'en fais pas, me répond-il en s'asseyant à côté de moi sur le matelas.
— Tu as vu ton visage ?
Je passe ma main sur sa joue abîmée par les coups.
— J'ai voulu le faire réagir encore une fois et il ne l'a pas accepté.
— C'est pour cela qu'il s'est acharné sur toi comme ça ?
— Dès que je veux lui faire comprendre que ma mère ne reviendra pas, il s'énerve.
— Tu penses qu'elle ne reviendra jamais ? je le questionne intriguée.
— Elle a une vie de rêve maintenant. Pourquoi elle reviendrait dans ce trou perdu avec un mari criminel et un fils bon à rien ? Par moment, je la comprends…
— Tu n'es pas un bon rien, Zack.

Le regard dans le vide, il ne sait quoi me répondre.
— Allez, détache-moi, je vais soigner tout ça.
— Non, ne t'en fais pas, je vais le faire tout seul, me répond-il en sortant de ses esprits.
— Zack, c'est un ordre ! dis-je en restant la plus crédible possible.
Il s'exécute. Je me masse le poignet, la marque de la menotte s'imprime de plus en plus sur ma peau. Je prends Zack par la main pour l'aider à se lever du matelas et le conduit jusqu'à la salle de bain. Je l'aide à s'installer et prends dans le placard de quoi le soigner.
— Décidément, on se retrouve encore dans cette salle de bain.

— Sauf que cette fois-ci, les rôles ont changé, me fait-il remarquer.

Je hausse les épaules et commence à nettoyer les quelques plaies de sang séché sur son visage.

— On va partir !

Je m'éloigne d'un coup de lui sous le choc de ce qu'il vient de m'annoncer. J'y crois à peine, je suis même prête à le faire répéter mais son regard fixé dans le mien m'en empêche. Il est sérieux, il veut que l'on parte tous les deux, je vais enfin être libérée.

— Comment va-t-on faire ?

— Tu me fais confiance ?

— Bien sûr que oui, rétorqué-je sans hésiter un instant.

— Je vais chercher une solution, il ne suffit pas de partir tous les deux, il faut que je trouve un moyen pour qu'il ne s'en prenne plus à nous, une fois dehors.

Il prend mon visage entre ses mains. Qu'est-ce que je peux aimer quand il fait ça ! Même si ses mains sont quelque peu abîmées, elles sont toujours aussi douces et provoquent en moi comme d'habitude une vague de chaleur incontrôlable.

— On va s'en sortir, je ne veux plus te faire endurer ça.

— Et pourquoi ?

J'attends qu'il exprime ses sentiments, qu'il me prouve que l'on ressent la même chose l'un envers l'autre.

— Parce que tu ne le mérites pas.

Mon visage se décompose, il le remarque. Il retire alors ses mains, je continue de soigner ses blessures.
— Quoi ?
— Rien, laisse, dis-je froidement.
— Dis-moi.
— Est-ce qu'un jour tu comptes me dire ce que tu ressens pour moi ?
— Ce n'est pas si simple.
— Je sais, mais oublie la situation le temps de quelques minutes et montre-moi que notre relation a une importance pour toi, j'insiste tout en changeant de coton.
— Pourquoi veux-tu l'entendre ? Tout ce que j'ai fait pour toi ne prouve pas que je tiens à toi ?
Mon coeur bat la chamade à l'entente de ces mots.

— Tu es contente ?
Je lui lance un regard interrogateur.
— Cela ne compte pas pour toi ?
— Ce sont juste des mots, c'est bien un truc de filles ça.
— De quoi ?
— Toujours vouloir entendre des compliments pour être rassurée.
— Je pensais être différente des autres.
— Là-dessus, toutes les filles sont les mêmes.
Nous nous mettons à rire quand je remarque du sang sur son tee-shirt, ce qu'il aperçoit aussi en baissant la tête.
— T'en fais pas, je vais m'en occuper.
— Quoi ? Tu ne veux pas te retrouver à moitié nu devant moi ? J'ai bien dû le faire il y a quelques temps.

Il se mord la lèvre inférieure et se décide à enlever son haut maculé de sang. C'est la première fois que je le vois torse nu. Ses plaies sont monstrueuses, les nouvelles comme les anciennes. Il est rempli de bleus, de cicatrices, il est abîmé de partout, autant à l'extérieur qu'à l'intérieur. Mon regard replonge dans le sien, son visage se rapproche peu à peu alors que l'une de mes mains continue de nettoyer le sang presque séché. Ses lèvres touchent enfin les miennes. Elles ont un goût de cet horrible liquide rouge, mais cela ne me dégoûte pas, bien au contraire. J'ai tellement attendu ce premier baiser entre nous. Nos baisers se font de plus en plus langoureux et nos corps de plus en plus chauds. Je laisse tomber ma mission et

pose mes mains sur son cou, les siennes s'installent timidement sur mes hanches.
— Attends, Ava… commence-t-il entre deux baisers, il vaudrait mieux que l'on en reste là. On s'est fait prendre une fois par mon père, ça suffit pour aujourd'hui.
— Ton père est parti, tu me l'as dit toi-même, répliqué-je en cherchant ses lèvres avec les miennes.
Je ne veux pas que ce si beau moment s'arrête.
— Il peut revenir à n'importe quel moment.
— Tu as raison, dis-je déçue.
Je m'éloigne de lui et ses mains me lâchent, je termine de nettoyer les quelques plaies qui restent. Je range les produits à leur place et jette les cotons

imbibés de sang. Je quitte la salle de bain pendant que Zack se rhabille.

— Attends…

— Je connais le chemin, pas besoin de m'accompagner, dis-je encore déstabilisée par ce qui vient de se passer.

— C'est juste que je pensais rester avec toi encore un peu.

— Tu t'ennuies, c'est ça ? demandé-je froidement.

— Non, j'ai juste envie d'être avec toi.

Zack.

Je m'allonge sur ce matelas miteux, il ne vaut pas mon lit c'est sûr, mais ce soir, je veux juste être en sa présence. Pendant qu'Ava qui se trouve dans mes bras me raconte ses souvenirs d'enfance, je cherche une solution pour que nous partions tous les deux. Selon les dires de mon père, Ava n'en a plus que pour quelques jours et je ferai tout ce qui est en mon pouvoir pour la protéger. Elle est tellement différente, je me refuse de lui faire vivre cet enfer plus longtemps.

Chapitre quatorze.

Ava.

Je me réveille dans les bras de Zack. Cette nuit dans la cave aura été la meilleure. Je mets du temps avant de me rendre compte qu'il fait jour, je dois le réveiller avant que son père n'arrive.

— Zack, il faut que tu te lèves !

Il ronchonne avant de me serrer un peu plus fort dans ses bras, je m'y sens tellement bien. Je reste bloquée à admirer Zack dormir, il est tellement craquant, mais la porte de la cave s'ouvre ce qui me fait sortir brusquement de ce si beau moment. Je panique et secoue Zack le plus fort possible. Mais il est trop tard. Jorge vient de dévaler les escaliers et de nous découvrir dans les bras l'un de l'autre.

— Zack ! hurle-t-il.

Il se lève d'un bond, nous regardons tous les deux son père, les poings serrés, arrivé sur nous. Son regard noir me ramène au moment où Jorge m'a tabassée. Je sais que dans les secondes qui vont suivre, une scène d'horreur va se produire dans cette cave.

Zack s'apprête à dire quelque chose en se rapprochant de lui.

— Écoute papa…

Il n'a pas fini sa phrase que son père le frappe au visage. Je me lève à mon tour pour lui porter secours, son nez est en sang.

— Pousse-toi de là, ton tour va arriver.

Il jette des cartons installés à quelques centimètres de nous et m'étale au sol.

— Laisse-là ! s'impose Zack en voulant lui donner un coup à son tour, qu'il loupe. Son père lui, ne rate pas son prochain coup, ni celui d'après ni les autres encore.

— Alors, comme ça, tu te la tapais !

Je reste allongée au sol toujours à la même place à regarder Zack souffrir pour moi. Jorge s'acharne sur son fils, des coups de poings et des coups de pieds s'enchaînent sur son corps.

— Maintenant, je vais m'occuper de toi.

Il sort un couteau de sa poche et s'approche doucement de moi en riant. Zack est allongé sur le matelas, il ne bouge pas, j'ai beau crié son prénom, il ne réagit pas. Je fonds en larmes, je crie de peur, ce monstre continue de s'avancer dans ma direction et Zack est probablement mort des coups subis par son propre père ! Celui-ci lève le bras avec le couteau dans la main et me menace en le pointant vers moi. Je cache mon visage entre mes bras par réflexe et une énorme douleur rentre en moi. Ma cuisse, il vient d'enfoncer son couteau dans ma cuisse ! Je n'ose pas regarder et crie, le suppliant de me laisser tranquille. Ce monstre continue de rire comme si tout cela ne l'atteignait pas.

— Tu vas finir comme les autres, enterrée dans mon jardin ! rugit-il diabolique en rapprochant son visage du mien.

Je sens son haleine remplie d'alcool et de tabac. Cette odeur m'écœure, mais ce n'est rien par rapport à ma cuisse en sang. Je ne regarde toujours pas ma plaie mais j'ai posé mes mains dessus. Je touche le couteau qui est planté dans ma chair. J'essaie tant bien que mal de le retirer, c'est ma dernière chance de m'en sortir, il est hors de question que je finisse comme les autres.

— Papa !

L'homme debout devant moi se retourne et reçoit un coup de casserole dans le visage ce qui l'assomme sur le champ. Il tombe sur ma jambe encore indemne. Zack est maintenant face à moi, dans un sale état.

— On ne doit pas perdre de temps.

Il me prend dans ses bras et monte les escaliers. Je ne sais pas d'où lui vient cette force vu l'état de son visage et les taches

de sang qui s'agrandissent sur son tee-shirt. Arrivés dans le salon, il me pose sur le canapé et s'agenouille devant moi tout en regardant l'état de ma cuisse.
— Ecoute Ava, je vais retirer le couteau, d'accord ?
Je lui fais confiance, je le laisse faire. Il retire sa chemise et la pose à mes côtés, il craque ses doigts, pose une main sur ma cuisse douloureuse et prend doucement le couteau avec l'autre. Il prend une grande inspiration, je ferme les yeux et il retire la lame d'un coup sec. Un hurlement s'échappe de ma gorge, Zack saisit alors sa chemise pour me faire un bandage.
Il attrape des clés et un sweat qui traîne sur une des chaises de la cuisine et me porte à nouveau. Nous sortons de la maison, je ne

sais pas ce qu'il a en tête. Il se précipite vers une voiture, elle doit appartenir à son père. C'est la première fois que je respire l'air frais depuis plusieurs mois. Alors ça y est, je suis enfin sortie de ma prison, mes yeux n'arrêtent pas de pleurer. Je suis perdue entre ma douleur et la joie d'être enfin loin de cette cave qui m'a retenue depuis trop longtemps. Zack me dépose à la place du passager avant de courir et de s'installer derrière le volant. Je cherche la position idéale pour que ma jambe me fasse le moins mal possible mais il n'y a rien à faire. Qu'importe si elle est pliée ou tendue, le sang continue d'affluer et la douleur persiste.

— Je t'emmène à l'hôpital !

Zack.

Au volant de la vieille voiture de mon père, tout en fonçant sur la ligne droite qui nous rapproche de l'hôpital, je ne peux m'empêcher de jeter un coup d'œil sur la cuisse d'Ava. Sa blessure n'arrête pas de saigner même si elle continue d'appuyer sur sa blessure avec ma chemise. Je ne trouve rien à lui dire pour la rassurer ou apaiser sa douleur. Je me contente de lui caresser les cheveux. Je me suis souvenu que c'est la seule chose qui peut la calmer quand elle est triste.

Je m'arrête juste devant l'entrée de l'hôpital et détache Ava.

— Je vais te laisser ici.

— Tu ne viens pas avec moi ?

— C'est beaucoup trop dangereux Ava, tu es recherchée depuis des mois. Si on me voit avec toi, on va automatiquement me poser des questions.

— On trouvera un mensonge, me laisse-pas seule s'il te plaît !

— Ava, pense à ta blessure. Plus tu attends, plus tu perdras du sang.

Elle prend un petit temps de réflexion en regardant les ambulanciers se précipiter vers un véhicule qui vient d'arriver en trombe à quelques mètres de nous. Elle écrase ses lèvres contre les miennes et descend de la voiture.

— Fais attention à toi ! me dit-elle en refermant la portière.
Je la regarde se diriger vers un des ambulanciers en boîtant, je l'entends hurler demandant de l'aide. Quand je vois qu'elle est prise en charge par l'homme en uniforme, je redémarre.
Cela fait plusieurs minutes que je roule sans vraiment savoir où je vais, tout ce que je dois faire, c'est d'aller le plus loin possible de mon père et surtout d'Ava. J'abandonne la voiture sur le bord de la route, enfile le sweat que j'avais récupéré chez moi avant de nous enfuir. J'aperçois au même moment le collier que je lui ai offert sur le siège passager. Elle a dû le faire tomber de sa jupe dans l'agitation. Je le récupère et sors de la voiture. Je jette les

clés dans une plaque d'égout et mets la capuche de mon sweat sur la tête pour cacher au mieux mon visage bien abîmé. Je m'avance vers un arrêt de bus et attends patiemment en fouillant dans une de mes poches pour sortir les quelques pièces qui me restent. Je monte enfin dans le bus qui s'arrête juste devant moi. Je refile l'argent au chauffeur et m'assois au fond tout en continuant de faire attention à ce que mon visage ne soit pas dévoilé aux passagers. Le bus m'éloigne un peu plus mais je n'arrête pas de penser à Ava, à ce qu'elle a pu vivre, à ses blessures. Je m'en veux de ne pas avoir agis plus tôt, mais maintenant tout est terminé. Ava va dénoncer seulement mon père, et même si je suis loin de tout soupçon, je resterai le fils d'un criminel.

Chapitre quinze.

Je me retrouve dans une chambre d'hôpital, des infirmières se relaient pour regarder ma blessure de plus près et la soigner. L'une d'entre elle m'a donné des médicaments pour atténuer un peu la douleur. Un homme en uniforme frappe à la porte de la chambre que j'occupe et qui est ouverte.

— Bonjour Ava, commence-t-il en avançant.

— Bonjour, je réponds un peu assommée.

— Une infirmière vous a reconnue, elle nous a donc appelé pour nous avertir que vous étiez ici.

J'acquiesce ne sachant quoi lui répondre.

— Nous avons prévenu vos parents à notre tour, ils ne devraient plus tarder.

— Merci, dis-je en me réinstallant comme je peux dans le lit.

— Vous savez que vous êtes recherchée depuis quatre mois…

Je hoche la tête, le regard dans le vide, je m'imagine encore dans cette horrible cave.

— Vous pourriez m'expliquer ce qui vous est arrivé ?

— J'étais sur le chemin pour aller en cours et une camionnette m'a renversée. Un homme est sorti et m'a ingéré quelque chose en me piquant dans le cou. Après, j'ai eu un trou noir… Je me suis réveillée menottée dans une cave où je suis restée pendant les quatre mois…

Je ne peux pas le regarder dans les yeux. Pourtant, je sens son regard rivé sur moi. Je reste concentrée sur ce que je raconte. A aucun moment, je ne cite une autre personne que Jorge, je ne dois pas démasquer Zack. Je lui donne le nom de mon ravisseur, lui raconte ce qui l'a amené à commettre tout ce qu'il a pu faire et surtout, je lui indique où se trouvent les autres victimes, qui, elles, sont bien enterrées… J'essaie surtout de lui indiquer la maison en me rappelant la route que Zack nous a fait prendre pour me déposer à l'hôpital. Je comprends qu'il note chacun de mes mots sur son petit carnet. Je ne lève toujours pas le regard vers lui. J'ai tellement peur que mes prunelles dénoncent mon mensonge.

— Et comment avez-vous réussi à venir ici avec une blessure pareille ?

On n'y avait pas pensé. Je reste figée quelques secondes le temps de trouver quelque chose de crédible.

— Je l'ai frappé quand il a eu le dos tourné, il est tombé, j'en ai donc profité pour m'échapper. Sur la route la plus proche, j'ai croisé une voiture qui m'a déposée ici.

— Vous m'avez pourtant dit que c'était un endroit perdu. Comment avez-vous pu marcher autant de temps avec votre blessure ?

— Je ne sais pas, je pense que je voulais tellement partir loin de ce monstre que j'ai dépassé ma douleur.

Il continue d'écrire tout ce que je lui raconte. J'en profite pour jeter un coup d'œil sur son visage, je n'arrive pas à savoir s'il me croit ou non.
— Ma chérie !
Je reconnaitrais cette voix entre mille, maman, elle est en larmes devant moi. Elle me prend dans ses bras et me serre de toutes ses forces, mes larmes se joignent aux siennes. Mon père et Adisson sont là aussi juste derrière ma mère, ils attendent leur tour pour me prendre dans leur bras.
— Tu es là, enfin tu es là !
— Tu nous as tellement manqué.
Chacun leur tour s'exprime, me sorte quelque chose sans prendre le temps de m'écouter, mais à vrai dire, ma gorge est tellement nouée que je n'arrive pas à sortir

un seul mot. Je me contente de les regarder un à un, ils sont tous les trois en face de moi, ma famille, en chair et en os. J'ai tellement rêvé de ce moment, je l'ai imaginé de si nombreuses fois dans ma prison. Mais même si je suis heureuse de revoir mes proches, mes pensées restent pour Zack, où peut-il bien être ?

— Je vais vous laisser mademoiselle, je vous re-contacterai pour qu'on puisse prendre votre déposition.

— D'accord, je réponds simplement.

— Merci beaucoup de nous avoir prévenus, dit mon père en lui serrant la main.

— Je ne pensais pas dire ça un jour, mais tu m'as vraiment manqué, m'annonce Adisson.

— Toi aussi petite tête. Maintenant que je suis de retour, je te promets de t'embêter le plus possible pour rattraper tout ce temps perdu.

Je fais un clin d'œil à mon frère avec mon plus beau sourire. Ma mère en profite pour enlever son manteau et se pose à mes côtés sur le lit.

— Dis-moi, est-ce qu'il t'a fait des choses horribles ? Tu étais enfermée ? Il ne t'a pas laissé mourir de faim ? Et ces marques sur ton visage, pourquoi est-ce qu'il t'a fait ça ?

— Maman, maman, stop ! Je veux juste me reposer, s'il te plaît.

La vérité, c'est que je n'ai pas envie de raconter mon histoire une seconde fois aujourd'hui, je suis enfin sortie d'un cauchemar interminable, ce n'est pas pour que je ressasse tout ça. Est-ce que mes parents doivent vraiment tout savoir de ce que j'ai enduré ?

— Bonjour, excusez-moi de vous déranger.

Nous saluons chacun notre tour l'infirmière qui fait son entrée dans ma chambre.

— Votre blessure n'est pas aussi grave que nous le pensions. Par contre, nous aimerions vous faire passer quelques examens complémentaires pour être sûr que tout va bien, au vu de vos blessures et de votre disparition pendant autant de temps. Nous voulons être sûr que vous êtes en bonne santé.

— Très bien.

— Bien sûr, vous restez cette nuit parmi nous et on verra demain selon vos résultats.
— Merci madame, continue ma mère qui s'empêche de laisser couler ses larmes.
— Je vais vous apporter à manger dans quelques minutes.
— Oh oui ! Je veux bien, je meurs de faim.
Elle me lance un sourire et s'en va.
— Est-ce que tu veux qu'on te ramène des affaires de la maison ?
— J'aimerais bien avoir des vêtements propres, s'il te plaît, des livres et mon téléphone pour écouter ma musique, ça m'a tellement manqué.
Oui, tout ce dont j'ai besoin, c'est d'autres vêtements que cette tenue qui colle à ma

peau depuis plusieurs mois. Je ne peux plus voir cette jupe et ce tee-shirt couverts de sang. J'ai aussi besoin d'écouter la playlist de mon téléphone. Cela fait des jours que je n'arrive plus à me souvenir de ces musiques que je connaissais par cœur et surtout, j'ai besoin de m'évader dans une histoire banale de roman à l'eau de rose comme je les aime…

— D'accord, je reviens, je vais te chercher tout ça.

Mon père embrasse mon front avant de me laisser seule avec ma mère et mon frère.

Ma mère me pose encore des milliers de questions mais je me refuse de lui répondre. L'arrivée de l'infirmière avec mon plateau repas me sauve la vie. Elle comprend quand nos regards se croisent

que je veux juste me retrouver seule pour dormir.
— Excusez-moi, les visites sont terminées.
— Mais je viens juste de retrouver ma fille qui a disparue depuis plusieurs mois ! On ne peut pas avoir un traitement de faveur ?
— Je suis vraiment désolée madame, mais ce n'est pas de mon pouvoir, vous pouvez revenir demain dès neuf heures.
Ma mère ne se bat pas plus contre la femme, elle m'embrasse le front, mon frère me fait juste un signe de la main et ils s'en vont tous les deux.
— Merci, dis-je à l'infirmière d'une quarantaine d'années.
— Des mamans aussi cramponnées à leurs enfants, j'en vois tous les jours, me

répond-elle souriante en me plaçant le plateau sur la tablette en face de moi.
Elle ressort aussitôt en me précisant qu'elle repassera d'ici une heure ou deux pour voir si tout va bien. J'acquiesce et soulève la cloche, l'odeur du poulet - accompagnée d'une purée - émerveille mes papilles. Rien de très impressionnant, c'est vrai, mais après avoir passé autant de temps à manger des pâtes à moitié cuites, pour moi ce qui se présente devant moi, est un festin de roi.
Une heure après le départ de ma mère, mon père repasse-avec un de mes gros sac de sport au bras. Il a réussi à passer au travers du personnel hospitalier.
— Je m'en veux tu sais. Ce jour-là, j'aurais dû t'emmener au lycée. Si je

n'avais pas fait passer mon travail avant toi, tu n'aurais pas vécu tout ça.

— Ce n'est pas de ta faute papa, si ça n'avait pas été ce jour-là, cela aurait été un autre ou bien une autre fille. Personne ne pouvait prévoir ce qui allait arriver, sauf ce monstre.

Des larmes commencent à couler sur les joues de mon père et sur les miennes aussi, c'est la première fois que je le vois pleurer.

— Je vais te laisser avant que quelqu'un me voit ici, on revient tous demain. Repose-toi bien et mets-toi en tête maintenant que tu es en sécurité.

Il passe son pouce pour enlever une larme qui s'est arrêtée au milieu d'une de mes

joues. Il me fait un dernier sourire et s'en va de la chambre.
Je me cale correctement dans le lit en me recouvrant de la couverture, je bouge comme je peux ma jambe blessée sans trop subir la douleur. Des flashs du trajet me reviennent en mémoire, la souffrance que je ressentais, la vitesse avec laquelle Zack roulait sur les routes qu'il avait empruntées, à cette chemise qui me servait de bandage. D'ailleurs, où est passée cette chemise ? Il faut absolument que je la récupère. Ils pourraient remonter jusqu'à Zack à cause de cette chemise. C'est vrai qu'il avait les mains abîmées et ensanglantées, il a sûrement dû en imprégner le textile. Je prends la manette à

côté de moi qui me sert à appeler les infirmières.

— Il y a un souci ?

— Oui, excusez-moi mais je souhaiterais savoir ce que vous avez fait de la chemise ?

— La chemise ?

— Oui vous savez, celle qui servait à arrêter mon sang de couler.

Elle réfléchit quelques secondes avant de me répondre.

— Elle a été jetée, elle était toute déchirée et pleine de sang, on ne pensait pas que vous voudriez la garder.

Au moins personne ne pourra se douter qu'elle appartenait à la personne qui avait participé à mon enlèvement mais qui m'a aussi sauvé la vie.

— D'accord, pas de soucis.

— Certaine ? demande-t-elle en levant un sourcil.

— Oui, c'est juste qu'elle appartenait à l'homme qui m'a emmenée ici, mais vu que je ne risque pas de le revoir, ce n'est pas si grave.

Elle acquiesce. Je me doute qu'elle ait cru à peine à l'excuse que je viens de lui sortir.

Je repense à ma journée, à cette scène horrible entre Zack et son père, le moment où il prend son courage à deux mains pour le frapper et me sauver la vie. Je ne dirai rien à qui que ce soit, ni même à mes parents. Je ne dirai pas que mon kidnappeur n'était pas seul mais que son fils a participé à tout ça, parce qu'il a cette chance maintenant d'avoir une nouvelle vie, parce que je l'aime et qu'à présent, c'est à mon tour de le protéger.

Chapitre seize.

Cela fait une semaine que je suis de retour chez moi, que je suis à présent saine et sauve. Une semaine que j'ai retrouvé ma famille, ma chambre, mes petites habitudes mais aussi une semaine que je n'ai plus aucune nouvelle de Zack. Zack, tu me manques, putain !
Tu es où ? Cette question, je me la pose jour et nuit. Il ne m'a laissé aucune adresse, aucun indice pour le retrouver. Et s'il était parti loin de la ville ? Loin de moi ? Je ne sais si j'arriverai à le supporter. Je ne sais si mon cœur acceptera un jour de plus, d'être loin de sa présence. Je n'arrête

pas de pleurer. Mes proches pensent sans arrêt que c'est dû au traumatisme que j'ai vécu, mais au final, je pleure plus de l'absence de celui que j'aime que du calvaire que j'ai subi pendant ces quelques mois.

Hier soir, ma mère a été appelée par le poste de gendarmerie qui détient Jorge. Il restera en prison jusqu'à la fin de ses jours. C'est officiel et je n'en suis pas aussi soulagée que ça. Contrairement à ma famille, bien sûr. Assise dans mon lit, les jambes allongées, je les masse à l'aide d'une crème hydratante. Je n'ai pas pu prendre soin de moi pendant une éternité, alors maintenant, je profite de chaque moment pour le faire. Mes parents ne sont pas encore d'accord pour me laisser aller en cours et c'est vrai que je me vois mal expliquer sans cesse le calvaire que j'ai subi. D'ailleurs, je ne veux plus en parler à qui que ce soit, sauf à la psychologue que je dois consulter sur les conseils du médecin de l'hôpital qui s'est occupé de moi. Mon frère lui, est harcelé de questions au collège. Imaginer sa grande sœur qui a été kidnappée pendant des mois ! A cet âge, ils sont encore plus curieux que les adultes. Les adultes préfèrent chuchoter entre eux et te regarder comme si tu étais une bête de foire. C'est ce que je ressens à chaque fois que je sors de la maison, que je croise mes voisins ou d'autres personnes qui peuvent me reconnaître dans la rue quand je dois aller à mes rendez-vous.

Ma main frôle ma blessure, ce qui me fait sortir de mes pensées. Elle se referme peu à peu, mais d'après le médecin la cicatrice pourrait rester pendant quelques temps. Ce qui veux dire que, non seulement, je suis marquée intérieurement par toute cette histoire mais que mon corps aussi. Et à chaque fois que je regarderai ma cuisse, je ne pourrai pas m'empêcher de ressasser mon calvaire.

Je descends péniblement les escaliers, ma mère se trouve dans la cuisine. Elle a posé quelques jours de congés pour ne pas me laisser seule à la maison, comme si elle avait peur qu'on m'enlève une seconde fois. Elle ne me lâche plus, elle vient même me voir plusieurs fois dans la nuit.

Je ne dors jamais ; être enfermée dans une cave peu éclairée vous fait perdre le sens du temps. Je dormais essentiellement la journée pour profiter de Zack la nuit. C'étaient les seuls moments où je pouvais oublier que j'étais une prisonnière.

J'ai donc gardé ce rythme, m'endormir la journée. Je ne supporte plus vraiment la lumière du jour, même en ces jours d'hiver où le soleil se fait rare, c'est pour moi déjà beaucoup trop.

— Bonjour ma chérie, je t'ai fait mon plat préféré.

Une semaine. Une semaine que je supporte ma mère sur mon dos pendant des heures et des heures, et je n'en peux plus. Je suis consciente qu'elle fait cela pour mon bien, mais je n'en peux plus.

Pendant quatre mois, j'ai été négligée et là d'un coup, je suis traitée comme une princesse ou plutôt comme une fille pour qui on a de la peine !
Mais je ne veux pas lui faire de mal alors je me contente de la remercier pour l'assiette qu'elle me tend et lui montrer que tout va bien. Peut-être qu'en réagissant ainsi, elle y croira à ma résurrection et me laissera tranquille. Je l'espère en tout cas.
— Il faut que tu reprennes des forces.
— Je me suis pesée hier soir maman, j'ai déjà repris deux kilos, dis-je pour la rassurer.
— C'est une très bonne nouvelle ! Je pense aux prochaines vacances, ta jambe

ira mieux, alors on pourra partir une semaine à l'étranger.

— Oui, si tu veux.

Ma tête appuyée sur une de mes mains, je déguste le gratin de pomme de terre que ma mère m'a préparé. C'est bien le seul plat qu'elle sait faire sans que le four soit prêt à exploser.

— Chérie, tu m'écoutes…

Je m'extirpe de la bulle qui s'est peu à peu créée autour de moi depuis quelques minutes.

— Oui, maman, bien sûr … dis-je en relevant la tête.

— Ava, tu as le droit d'être mal, mais je préfèrerais que tu nous en parles. Tu n'as pas à nous protéger…

— Je sais maman.

— Cela va prendre du temps, mais tu t'en es sortie. Je veux que tu ne penses qu'à ça maintenant. Tu es libre. Pense à ses filles qui ont vécu la même chose que toi et qui n'ont pas survécu. Pense à leurs familles qui doivent maintenant faire leur deuil, tu es une fille courageuse.

Ses yeux sont plantés dans les miens. Ma mère a raison, son discours m'a mis les larmes aux yeux, je dois passer à autre chose, oublier ce moment atroce de ma vie, mais c'est bien plus facile à dire qu'à faire. Mais je ne lui en veux pas. Après tout, elle ne sait rien de ce que j'ai vécu. Je ne veux pas lui en parler. Je ne veux pas lui infliger une souffrance supplémentaire alors que je suis de retour à la maison parmi eux.

Comment pouvais-je oublier ces mois d'enfermement ?
Ces moments de souffrance ?
De peur ?
Et Zack ?
Comment pouvais-je l'effacer de mon esprit comme ça ?
Je me suis beaucoup renseignée sur les victimes qui ont vécu la même chose que moi. Elles sont comme moi, perturbées.
Reprendre une vie normale, c'est un long parcours et la plupart ont développé un attachement pour leur bourreau après avoir subi un lavage de cerveau pendant des jours et même, parfois plus.
Mais moi, ce n'est pas juste un simple attachement. Je suis tombée amoureuse de

Zack, un sentiment qui va à l'encontre de moi-même.

Alors oui, j'ai retrouvé ma famille, ma maison, mes habitudes, mais sans Zack, cela n'a aucun intérêt. Son absence me torture. Un vide, voilà ce que je ressens : un immense vide. Si seulement on s'étaient rencontrés dans d'autres circonstances. Vous savez, dans des circonstances banales, comme tout le monde, dans la rue, à une soirée ! Comme une rencontre entre un garçon et une fille de mon âge. On aurait pu vivre notre histoire au grand jour, mais la vie a décidé autrement pour le sort de notre amour.

Des cognements à la porte de ma chambre m'extirpent de mes pensées, j'essuie mes larmes à l'aide de mes manches longues qui me cachent les mains.

— Oui, lancé-je.

— Salut grande sœur !

— Salut petite tête.

— Combien de fois devrais-je te dire que je ne suis pas beaucoup plus petit que toi ?

— Tu seras toujours un bébé pour moi.

— Je voulais te proposer de regarder ta série préférée ensemble, ça te tente ? me propose-t-il en soulevant son ordinateur portable.

Je suis touchée par sa proposition, d'habitude il a horreur de ce que je peux regarder, beaucoup trop à l'eau de rose pour lui.

— Ne te force pas, je sais que tu n'aimes pas mes séries.

— C'est vrai, mais j'ai regardé Riverdale quand tu n'étais pas là et j'avoue que c'est pas mal.

— Vraiment ?

Il hoche la tête simplement et s'installe sur mon lit. Je devine que c'est dur pour lui de m'avouer qu'il aime la même chose que moi. Je n'arrête pas de sourire en le regardant mettre en route l'un des épisodes qui était sorti pendant mon absence.

Nous nous faufilons tous les deux sous la couette pendant le résumé du précédent épisode.

Il tient tellement à me faire plaisir que je n'ose pas lui dire que je connais les derniers épisodes et puis, de toute façon, comment lui expliquer que j'ai pu les regarder au chaud dans un lit et dans les bras du complice de mon kidnappeur ?

— « *Tu es sensationnel* », répété-je le regard fixé sur l'écran.

— Comment tu as su qu'il allait dire ça ? me demande-t-il d'un air interrogateur.

Je réalise sur le coup que je viens de faire une gaffe.

— Ça paraissait évident …

Il se contente de hausser les épaules et se replonge dans l'épisode. Je tourne les yeux et pose une main sur mon front pour cacher l'expression de mon visage, même si Adisson ne me regarde plus. C'est une habitude chez moi dès que je sors un mensonge sans réfléchir. Mes yeux et la rougeur sur mes joues me trahissent.

Ma mère fait grincer la porte que mon frère n'a pas pris la peine de fermer correctement.

— Les enfants, vous descendez ? On a organisé une petite surprise avec votre père.

Mon frère baisse l'écran de l'ordinateur portable et se lève pour rejoindre ma mère qui s'est vite éclipsée. Je reste quelques secondes dans mon lit réalisant une nouvelle fois que j'ai bien retrouvé ma famille.

— Tu viens ? Ça va te plaire … me dit-il en se retournant vers moi dans l'encadrement de la porte de ma chambre.

— Tu es au courant ?

— Tu connais la discrétion des parents, je les ai grillés il y a quelques jours…

Je pouffe d'un petit rire et suis mon frère jusqu'à la cuisine. Arrivant sur place, mes yeux s'écarquillent en voyant une table magnifiquement décorée avec des bougies et les couverts que ma maman utilise uniquement pour les repas de Noël.
— On n'a pas pu fêter noël avec ton père et ton frère sans toi, alors on s'est dit qu'il n'était pas trop tard pour y remédier.
Au bord des larmes, je prends mes deux parents dans les bras, je me sens chanceuse d'avoir une famille aussi bienveillante.
— Merci beaucoup, dis-je en m'écartant de leurs bras.
— On sait que cette fête est très importante pour toi, continue mon père en posant une main sur mon épaule.
Zack le sait aussi.

Nous nous installons tous autour de la table, mon père nous sert à chacun un verre de champagne. Même Adisson a le droit. C'est pour eux un moment exceptionnel et pour moi aussi, même si mes pensées sont à des milliers de kilomètres de cette maison et de la joie de vivre qu'elle arbore.
Nous avons dégusté le délicieux repas que mon père a passé la journée à préparer. Sachant que je ne bouge pas de ma chambre depuis quelques jours, il ne s'est pas senti en danger de cuisiner sans que je m'en aperçoive. Nous nous sommes remémorés nos anciens noëls, les cadeaux que nous avions préférés avec Adisson, ainsi que les ennuis qui ont pu nous arriver. Comme cette fois où ma mère

avait décidé de s'occuper du plat principal, alors qu'en compagnie de l'une de mes tantes, elle s'était laissée aller sur le vin et avait oublié de mettre la minuterie en route pour la cuisson de la viande. A la fin, le résultat fut une dinde cramée et une maman totalement saoule, ce qui nous avait bien fait rire avec mon frère du haut de nos six et dix ans. A la fin de notre dessert, mes parents s'absentent de table, nous laissant seuls Adisson et moi.

— Dis-moi, là aussi tu sais ce qu'ils préparent ?

— Non, j'ai pas entendu toute la conversation ce matin, me répond-il en essayant de voir où sont passés nos parents.

— Surprise !

Ma mère arrive souriante comme une enfant avec des cadeaux emballés dans les bras, suivie de mon père aussi chargé.

— Nos cadeaux de Noël ! hurle mon frère en courant vers eux.

De mon côté, je reste stoïque sur ma chaise, ma mère s'approche de moi en me tendant le paquet qui lui reste dans les mains.

— Tu m'en as tellement parlé, je n'ai pas pu m'empêcher de te l'acheter, me dit-elle en le posant sur la table.

En déchirant le papier cadeau, je découvre un carton avec à l'intérieur cette magnifique robe. Je me souviens avoir craqué littéralement dessus quelques jours avant ma disparition lors d'un après-midi shopping qu'on s'était accordé avec ma mère pour ma rentrée. Je la voulais absolument mais ma mère n'en voyait pas l'intérêt et avait beaucoup trop dépensé en aussi peu de temps.

— Merci beaucoup, dis-je en me levant pour la prendre dans mes bras.

C'est une petite robe noire remplie d'étoiles dorées, c'est la robe de mes rêves, je me suis imaginée avec plusieurs fois allant à des soirées où j'aurais été invitée par mes nouveaux amis.

Je la mets devant ma poitrine pour donner un aperçu de ce qu'elle peut donner sur moi.

Mon frère est absorbé par le jeu de la nouvelle console qu'il vient de recevoir. Mon père, lui, commence à feuilleter le dernier roman de son auteur préféré. Moi, je me retrouve concentrée sur les touches blanches et noires présentes devant moi, je n'entends même pas ma mère s'approcher avec deux tasses de thé bien fumantes comme je les aime.

— J'ai regardé ce piano pendant des heures et des heures, parfois même, je m'installais sur ce fauteuil, dit-elle en reproduisant le geste. La nuit, quand je n'arrivais pas à dormir, je repensais à toutes ces fois où tu nous jouais des morceaux classiques à ton père et moi.

Des images se propagent dans ma tête, je vois exactement de quels moments elle me parle.

— Ça ne va pas ma chérie ?

— C'est comme si, j'avais tout oublié…

Elle se relève du fauteuil et s'avance vers moi.

— Je n'arrive plus à me concentrer sur quoi que ce soit, dis-je en retenant mes larmes, mais ma voix me trahit.

Elle caresse mes longs cheveux pour me rassurer, j'essuie les deux, trois larmes qui coulent en effleurant mes joues d'une main.

C'est fou comme je pleure facilement en ce moment, moi qui avais, avant tout ça, le pouvoir de cacher mes émotions quand ça n'allait pas.

La vérité, c'est que mes pensées sont toujours destinées à Zack et que je l'entends encore me dire qu'il aimerait m'entendre jouer. C'est ça qui me bloque, de savoir que je ne pourrai sûrement jamais jouer pour lui.

Chapitre dix-sept.

C'est encore un réveil difficile ce matin, mais enfin il est maintenant treize heures. Je ne peux pas dire à quelle heure j'ai pu m'endormir cette nuit, mes pensées étaient bloquées sur ces derniers mois. Je me suis rappelé chaque jour de ma séquestration, chaque moment vécu avec Zack, même les pires…

La veille, j'ai voulu écouter la radio pour me changer les idées et me tenir informée de ce qui se passait à l'extérieur. Il a fallu que je tombe sur la seule nouvelle dont je connaissais tous les détails. Aux dernières informations, Jorge avait été retrouvé chez lui quelques heures après l'arrivée à l'hôpital de sa dernière victime, c'est-à-dire après ma libération. On a ensuite retrouvé les corps de toutes ces filles recherchées depuis des mois, leurs familles pouvaient maintenant avoir les réponses à toutes les questions qu'elles se posaient. Avant même d'avoir été jugé, tout le monde savait qu'il allait passer le reste de sa vie en prison. C'est à son tour d'être traité comme un animal et d'être enfermé dans un endroit aussi monstrueux que lui.

— Ava, tu es réveillée ?

En soulevant ma couverture, je découvre ma mère à moitié cachée derrière la porte de ma chambre.

— Oui maman, je murmure en me relevant un peu dans mon lit.

Elle s'approche et s'installe à côté de moi avec un plateau de tout ce que j'aime manger.

— Tu as bien dormi ?

— Oui ça va, je mens en faisant bonne figure.

Ma maman passe sa main dans mes cheveux et se contente de me regarder en train de boire ma tasse de thé.

— Maman, je suis là maintenant, tu n'es plus obligée de me regarder sans cesse, je ne vais plus disparaître, dis-je pour essayer de la rassurer.

— On m'a volé mon bébé pendant plusieurs mois. C'est normal que tu me trouves inquiète, surtout que tu ne veux pas me parler de ce qui t'est arrivé là-bas. J'ai l'impression que je ne t'aide pas à remonter la pente.

— J'ai été séquestrée dans une cave, je n'ai rien de plus à te dire, surtout maintenant que ce monstre est en prison. Tu n'as plus rien à craindre.

— Et les bleus sur ton corps ? Et la blessure à ta cuisse ? Et comment as-tu fait pour atterrir dans cet hôpital, seule ?

— Maman, j'aimerais passer une journée sans qu'on m'en parle, s'il te plaît.

— Très bien ma puce.

Elle m'embrasse le front et se relève de mon lit. Je pose mon regard sur la lettre posée sur le plateau en buvant une nouvelle gorgée de ma tasse chaude.

— Qu'est-ce que c'est, maman ?

— Je ne sais pas, il y a juste ton prénom dessus.
Je commence à l'ouvrir pendant que ma mère referme la porte derrière elle. Je déplie la feuille de papier.

« Rendez-vous au stade à 18 heure, je t'y attendrai, Ava. »

Le mot n'est pas signé, mais je découvre en même temps le collier de la mère de Zack, c'est lui, enfin ! J'admire le collier qui se trouve dans mes mains, je l'avais complètement oublié avec tout ça. J'ai dû le perdre dans la voiture. Je le mets autour de mon cou et le caresse du bout de mes doigts. Les larmes aux yeux, je repense à cette soirée de Noël où Zack venait de m'offrir ce cadeau qui représentait tant pour lui. Je saute de mon lit, laissant mon petit déjeuner de côté. Je vais enfin le retrouver, je n'attends que ça. J'ouvre ma penderie en grand et cherche la tenue parfaite pour nos retrouvailles. Je m'arrête de suite sur ma nouvelle robe. C'est le moment parfait pour la mettre. Je l'enfile en l'habillant d'un collant noir et de mes baskets blanches. Après avoir arrangé une nouvelle fois mes cheveux devant le miroir, j'attrape mon manteau sur la chaise de mon bureau et dévale les escaliers.

— Tu sors, chérie ?

— Oui, je vais prendre un peu l'air.

— Tu es sûre ?

— Oui, maman ça va aller.

Je lui envoie un bisou et me précipite vers le garage pour récupérer mon vélo. Un petit vent assez frais sévit au-dehors, mais rien ne m'empêchera de rejoindre Zack, pas même ce temps d'hiver.

Je suis les instructions écrites sur le papier et j'arrive enfin au stade de foot. Comment n'y avais-je pas pensé ! Il m'a tellement parlé de cet endroit où il venait plus jeune quand ses parents étaient encore amoureux pour voir les matchs de foot du dimanche après-midi. J'avance avec un mélange d'appréhension et de joie.
Sera-t-il vraiment là ?
Cette question ne se pose plus dans ma tête quand je vois au loin un jeune homme de dos, accompagné d'un énorme sac. Je

cours vers lui, je l'appelle et dès qu'il est face à moi, je lui saute dans les bras. Une de ses mains me caresse les cheveux et l'autre me serre fort pour me coller un peu plus contre son corps, mon cœur n'arrête pas de s'affoler. Je l'ai enfin retrouvé, je l'ai enfin dans mes bras, il est de nouveau à moi ! Je m'écarte de son étreinte pour pouvoir coller mes lèvres aux siennes. Après avoir échangé un long baiser, il s'écarte à son tour de moi pour plonger son regard dans le mien.

— Enfin, je te retrouve, comment as-tu trouvé mon adresse ?

— J'ai reconnu ta maison, elle est passée tellement de fois aux informations et te laisser cette lettre était ma seule chance pour reprendre contact avec toi.

— Tu m'as tellement manqué, je pensais que je ne te reverrais jamais.

— Si je t'ai donné ce rendez-vous, c'est pour te dire que je vais partir.

— D'où ce sac j'imagine...

— Oui, j'ai réussi à récupérer quelques affaires un soir chez moi...

— Et tu comptes aller où ?

— J'ai un cousin à Londres, il m'a contacté quand il a su pour mon père. Il me propose de m'accueillir quelques temps.

— Londres ? Mais c'est impossible et nous, alors ?

— Justement Ava, le mieux pour nous, surtout pour toi, c'est que je m'éloigne de cette ville. C'est petit ici, tout se sait vite et ils vont sûrement un jour vouloir m'interroger. C'est d'ailleurs étrange qu'ils ne l'aient pas encore fait.

— Je t'ai toujours innocenté, ils ne te mêleront jamais à ça.

— Bien sûr que si, je vivais dans cette maison où tu as été capturée, pour eux, c'est inconcevable que je n'aie rien vu.

— Ils m'ont cru je t'assure ! Tu es au-dessus de tout soupçon, s'il te plaît reste ici, ne me laisse pas seule.

— Tu n'es pas seule, tu as ta famille, tu l'as enfin retrouvée.

— Je pars avec toi.

— Ne dis pas de bêtises.

— J'ai passé une semaine sans avoir de nouvelles de toi, c'était atroce pour moi. Je ne vivrai pas un jour de plus loin de toi, alors je viens avec toi.

Il prend mon visage dans ses mains.
— Ava, tu sais ce que je ressens pour toi, pour moi aussi c'est dur d'être sans toi mais on n'a pas le choix, on doit prendre un nouveau départ tous les deux chacun de notre côté.
— Je ne pourrai pas, je te jure que je ne pourrai pas vivre sans toi.
Il m'embrasse, c'est pour lui sa seule réponse.
— Je t'aime Zack, vraiment.
Mon cœur est en mille morceaux, je me retiens de pleurer, je sais qu'il a pris sa décision. Qu'importe ce que je pourrais lui dire, il partira.
— Je dois y aller.

— Même si je sais que tu détestes les promesses, accorde-moi en une s'il te plaît.

— Dis-moi.

— Promets-moi qu'on se retrouvera.

— Si on doit se retrouver, alors on se retrouvera.

Cette réponse me laisse dans le flou, des larmes montent, mais je fais mon possible pour ne pas qu'elles coulent. Pas devant lui, pas encore. Je me mets sur la pointe des pieds et l'embrasse, c'est la dernière fois que je peux être sûre de goûter ses lèvres. Je prie pour que ce moment ne s'arrête jamais. Il pose ses lèvres sur mon front, je peux voir son regard humide. Cela me réchauffe le cœur de savoir qu'il fait tout ça sans vraiment le vouloir. Que lui aussi voudrait qu'on reste ensemble. Il ne le dit pas mais tout est dans son regard. Il prend son sac posé à nos pieds et s'en va en me tournant le dos. Et moi, je reste comme une statue à ma place le regardant s'éloigner un peu plus de moi à chacun de ses pas. Ça y est, il a disparu, mon corps lui s'écroule, je n'ai plus la force de tenir debout. Je mets mon visage entre mes mains et crie aussi fort que la douleur qui s'est emprisonnée en moi, mais mon cri n'est pas assez fort pour le faire revenir. Je ne le reverrai plus jamais, qu'importent les mots, les promesses. Il va être à des milliers de kilomètres de moi, de ce qu'on a vécu ensemble. Je suis anéantie, seule, détruite. Il me manque déjà, même cette foutue cave me manque. Si j'avais su que notre évasion allait nous séparer, je serais restée.

Oui, voilà où j'en suis arrivée, à ce point-là… Mes larmes ne s'arrêtent qu'après deux heures je dirais, je suis toujours parterre, seule aux pieds des gradins de ce petit stade. Il fait froid, pratiquement nuit aussi et mon téléphone n'arrête pas de sonner. Mais cela m'importe peu, je viens de perdre celui dont je suis amoureuse.

Vous pouvez me retrouver sur instagram :

@INSTACARLIE

Vous pouvez aussi retrouver l'illustratrice
de la couverture sur instagram :

@JECRISPARFOIS

Printed by Amazon Italia Logistica S.r.l.
Torrazza Piemonte (TO), Italy

43464458R00135